U0625058

威廉·温顿
科幻系列

失落之城
Orbulatoragenten

〔挪威〕博比·皮尔斯 著
BOBBIE PEERS
嵇凤娇 译

人民文学出版社
PEOPLE'S LITERATURE PUBLISHING HOUSE

著作权合同登记号　图字 01-2019-3057

ORBULATORAGENTEN
Copyright © Bobbie Peers 2017
Published by agreement with Salomonsson Agency AB through The Grayhawk Agency.
All rights reserved.

图书在版编目(CIP)数据

失落之城/(挪)博比·皮尔斯著；嵇凤娇译.—
北京：人民文学出版社，2021
　（威廉·温顿科幻系列）
　ISBN 978－7－02－016246－8

　Ⅰ.①失…　Ⅱ.①博…　②嵇…　Ⅲ.①幻想小说-挪
威-现代　Ⅳ.①I533.45

中国版本图书馆 CIP 数据核字(2020)第 069315 号

责任编辑　朱卫净　王雪纯
装帧设计　李　佳

出版发行　人民文学出版社
社　　址　北京市朝内大街 166 号
邮政编码　100705
网　　址　http://www.rw-cn.com

印　　制　上海盛通时代印刷有限公司
经　　销　全国新华书店等

字　　数　118 千字
开　　本　890 毫米×1240 毫米　1/32
印　　张　7
版　　次　2021 年 4 月北京第 1 版
印　　次　2021 年 4 月第 1 次印刷

书　　号　978-7-02-016246-8
定　　价　39.00 元

如有印装质量问题，请与本社图书销售中心调换。电话：010－65233595

伦敦 大本钟

夜晚，举世闻名的钟楼高耸在宏伟的建筑上。灰白的月光照亮了钟盘，巨大的指针指向三点半。此刻，整个伦敦寂静无声，安静得几乎可以从大街上听到高处钟楼里齿轮的声音，但在这寂静的深夜里，有别的声音盖过了钟楼上的嘀嗒声。

是脚步声。

昏暗的路灯下，一个人的身影越来越近，脚步声也越来越响。很快，一个高挑的人影出现在大本钟的围墙前。

这个人穿着一件长长的大衣，戴着一顶宽檐帽。他抬头盯着钟盘。有一会儿，他呆站着一动不动，如同黑夜里路边的一尊雕像。忽然，他轻松地一跃，翻过围墙，大步向钟楼的围墙边走去。他在自己的几个口袋里一通翻找，终于找到了想要的东西：一扇火柴盒大小的金属门。他苍白的手指抚摸着石灰岩墙面的纹理，好像这些石头有磁力一样，把小金属门吸在了墙上。伴随着一阵咔嗒咔嗒响和一连串机械运动，门开始变得越来越大，最终变成一扇正常门的大小。

那个人谨慎地打量了一下四周，打开门，一步跨进去，又立刻关上了门。

没过一会儿，门再次打开，那个人又出现了，手里还拿着什么东西。那个东西裹在一块脏兮兮的布里，好像很重。

他关上门，门立刻缩成原来的大小。他把门从墙上拔出来，放回口袋，又环顾了一下四周，一跃翻过围墙，消失在黑暗中。

他的脚步声渐渐消失，万籁俱寂。现在仿佛比刚才更加安静了。

大本钟，停了！

英国后人类研究所一处秘密控制中心里，一盏红色的警报灯开始闪烁。灯下一个小牌子上写着：伦敦，大本钟。一位技术员抬起头，惊恐万分。他被嘴里的咖啡呛到了，开始剧烈地咳嗽，但眼睛始终盯着闪烁的警报灯，一动不动。

"呼叫高夫曼，快！"他的声音在颤抖。

第一章

"威廉……"有人在叫他。

威廉翻了个身，拉过枕头捂着自己的头。

"威廉……"那个人又叫道，"你该起床了。"

"再睡两分钟，"威廉迷糊地说道，"就两分钟。"

"不能再睡了，威廉！"

威廉起了身，头发乱糟糟的，眼皮像铅一样重。他瞄了一眼床头柜上的笔记本电脑，外公正在屏幕里冲他笑着。

"如果你不准时起床，你妈妈会找我麻烦的，"外公说，"所以，不管你有多累，都必须立刻起床。"

"我知道，我知道……"威廉嘟囔着，把脚晃荡到床边。地板很凉，他想躲回被子里。有时候他会想，外公真幸运，现在变成一个电脑程序，不用面对早上起床的痛苦。

"你得在十九分钟之内出门。"外公说。

听到这话，威廉手忙脚乱地下了床，找到自己的衣服。

爸爸妈妈都在工作，所以由外公负责监督威廉准时上学。有了研究所赠送的外骨架，爸爸可以走路了，不再需要借助轮椅，于是在当地一所博物馆找到了工作。一年多前就是在那所博物馆，威廉解开"无人能解之谜"，从此改变了人生轨迹。

"还剩多少天？"威廉一边穿毛衣，一边问道。

这已经成了每天早晨的一个仪式。虽然威廉心里知道答案，但是他还是想听外公告诉他。他已经迫不及待地想回到研究所。

"十一天，"外公笑着回答，"另外，还有十五分钟你就赶不上公交车了。你得先把我关上。"

威廉走到笔记本前。

"祝你度过美好的一天，"外公眨着眼说道，"别惹麻烦。"

"你也是。"威廉说着挥了挥手。他关上电脑，拔出U盘。

他走到外公送给他的大书桌前，小心地把U盘放进抽屉，掏出一把小钥匙，把抽屉锁好。

时间又过去了十分钟，威廉在自家门前的车道上一路小跑。他到出门前最后一刻才赶忙给一片面包涂了点黄油，拐上人行道上的时候，才有空咬上一口。这时有个人站在他面前挡住了去路。那个人穿着一套红色制服，戴着一顶帽子，帽檐拉得低低的，完全遮住了脸，手里拿着一个小小的黑色包裹。

"你是威廉吗？"那个人问。

威廉犹豫着要不要回答。

"你是威廉·温顿吗？"那个人向前一步，再次问道。他走路的时候脚下咔嗒响，威廉看向那个人的鞋子，鞋子是黑白相间的。他穿的难道是踢踏鞋吗？

威廉看了看四周。街上停着一辆老旧的、表面坑坑洼洼的红色邮递车，除此之外没什么特别的。

"我有一件非常重要的快递要交给威廉·温顿，"那个邮递员询问道，"请问是你吗？"

威廉艰难地吞下嘴里的黄油面包，答道："是的。"

"你有什么身份证件证明吗？"邮递员问。

"有。"威廉把手插进口袋，掏出公交卡。

"没有带照片的证件吗？"

"这里写着我的名字。"威廉指着证件说。

邮递员小心地用胳膊夹着包裹，自言自语了几句，仔细地检查着公交卡。

过了一会儿，邮递员向后退了一步，说道："好的，我相信你。终于见到你了，真是我的荣幸，年轻的大师，温顿先生！"他鞠了一躬，在人行道上磕了磕自己的鞋子，递回了公交卡，伸出拿着包裹的手："给你。"

威廉接过包裹，讶异地发现包裹竟然如此之重。

“这是什么？”他轻轻地晃了晃包裹，问道。

“小心！”邮递员说道，“请一定要轻拿轻放。还有，打开的时候一定不能被别人看到。”

“不能被看到？”

威廉想看看邮递员的眼睛，但是被帽檐遮住了。

“一定得一个人的时候才能打开，这可不是闹着玩儿的。”

这时，威廉听到了公交车开过来的声音。

“我得走了。”他说着朝公交站台跑去。

“小心轻拿轻放！”邮递员在他身后喊道。

威廉跑到公交站台，公交车门刚好打开。他登上公交车，回头看向门前的车道，发现邮递员还站在原地盯着他看。威廉找了个座位坐下，公交车开过自家门前，他再看，那个神秘的邮递员已经不见了。

第二章

汉博格先生在黑板前踱来踱去。

"你们要是听到防火警报响起来……"他严肃地盯着学生们,"就得全部站起来,井然有序地,排成一列走出门。"

威廉坐在座位上,想集中注意力听老师讲话,但是思绪总是不由自主地飘向背包里那个神秘的包裹。

"然后,以班级为单位在学校操场集合,保持安静,等待消防部门到达。"汉博格先生继续说道。

今天学校举行消防演习,学生们都翘首以待,因为这意味着今天不会有家庭作业了。而且这一次消防演习特别地激动人心,因为消防部门真的会来。

汉博格先生死死地盯着墙上的钟。

秒针指向十二点,走廊里的警报声开始响起。整个班级的学生几乎同时站了起来,一时间椅子摩擦地面发出一阵刺耳的响声。

"不要慌。"汉博格先生用双手指挥着学生们前进。

威廉知道老师们都在比哪个班级会第一个撤离到操场。

汉博格先生跑到教室门口对学生们挥手喊道:"所有

人，排成一列，不用带书包，我们等会儿会回来的。"

威廉探身小心地把包裹从书包里拿出来藏在毛衣下。这次消防演习来得正好，不会有人注意到他偷偷溜走的。他得弄清楚那个奇怪的邮递员给他的到底是什么东西。

"同学们，跟着节奏，大步前进！"汉博格先生喊道。他放了个哨子在嘴里，一边在前面引路，一边用上吃奶的劲儿吹出节奏。

整个班级都跟着汉博格先生沿着走廊大步前进，好像一场小规模的阅兵仪式一样。这时，其他班级的同学也纷纷从各自的教室里拥出来，汉博格先生得加快速度了。他的哨声更急了，同学们也忙不迭地加快脚步。

威廉察看走廊。这是他溜走的绝佳时机。教师休息室的门敞开着，里面空无一人。他向左右瞥了瞥，悄悄地从队伍中溜出来，躲进了休息室。汉博格先生的哨声渐渐消失在远处。

威廉等到走廊上完全安静了，走到窗边朝外看去。三辆消防车已经开进学校。汉博格先生想指挥他们停车，但是驾驶员完全不理睬他的指挥，径自停到了其他地方。

威廉松了口气，坐到沙发上。他把包裹放在面前的咖啡桌上，盯着它看了一会儿。

他挪到沙发边上，解开带子，开始小心地拆开厚厚的灰色包装纸。他记得邮递员对他说的话：包裹得轻拿轻放。

他的心跳得越来越快。包装纸有好多层，他拆了好一会儿，才终于看到了里面的东西。

这是一个金属金字塔。

金字塔上满是奇怪的几何图案，闪着白色的光。

威廉的身体里立刻开始了熟悉的颤动，先是在肚子里，接着窜上脊椎。在威廉的脑海里，金字塔上的符号从金属表面剥离，在他面前的空中盘旋着。

这是一个密码。

金字塔是一个密码！

威廉迅速靠回沙发，盘旋的符号也都回归原位。他想解开这个密码，但是他害怕。他上次解开一个陌生的密码时，无意中激活了位于喜马拉雅山脉的隐码传送门。这次他可不想再犯错了。不管怎样，至少得先和外公谈谈吧。他正准备把金字塔包起来，汉博格先生突然甩开门，冲了进来。

"原来你在这儿啊！"他大吼，"就是因为你，我们班输了列队比赛，你到底在这里干什么呢?！"这时他看到了金字塔："这是什么东西？"

威廉还没来得及回答，汉博格先生就一把抓过了金字塔。

"请小心……"威廉喊道。突然，金字塔开始喷射火花，汉博格先生尖叫着把金字塔丢到了咖啡桌上。

"它在做什么？"汉博格先生喊道，跌跌撞撞地向后退去，"快让它停下来！"

他撞到了墙，呆立在那儿。

金字塔继续喷射火花，震动着穿过咖啡桌。威廉伸手去够，但是它跌落在地，继续朝着汉博格先生的方向移动。

"它想做什么？"汉博格先生尖叫着，身体紧贴着墙面，"为什么跟着我？"

"我不觉得它在跟着你。"威廉说着站起身来。

金字塔在汉博格先生的脚边，停止了震动。

汉博格先生的脸上汗如雨下，他的嘴一张一合，像一条金鱼一样。

"别再碰它了。"威廉说着，小心翼翼地靠近。

"威廉，我告诉你，你要为这次的行为承担后果！"汉博格先生恶狠狠地说，"现在结束了没？"他伸出脚踢了踢金字塔。

"别，等一下！"

金字塔发出震耳欲聋的咆哮，涌出喷泉一般的火花。

这下汉博格先生真的慌了。他跳过金字塔，冲向窗口，猛地推开窗户，伸出头去，用尽全身力量尖叫："失火啦！

失火啦!"

操场上所有人都抬头看了过来。

"这里失火了……这里真的失火了!"

一位消防员手里正拿着消防带,于是他打开阀门,对准窗口。

汉博格先生深吸一口气,想再次呼救,但是恐惧已经让他无法再发出声音。他没有办法,只能疯狂地挥舞着手臂。

一阵激流从消防带中射出,猛地击中汉博格先生的胸口。他向后倒去,仰面摔倒在窗口处。威廉跑过去想扶他起来,但是汉博格先生把他推开了,自己颤颤巍巍地站了起来。

"我得出去,"汉博格先生一边脱掉自己湿透了的衬衫,一边喊道,"我要到房顶上去。"

"不行,太危险了!"威廉喊道,但是汉博格先生完全不听他的话。

"我一直练着呢!"他说着把湿衬衫捂在脸上,跑进了走廊。

威廉站在那儿,转身看到金字塔在地上一动不动。

威廉走到操场的时候,所有人都在仰望着他刚才所在的大楼。他把金字塔藏在了自己的毛衣下，双手护着它，遮住它棱角突出的地方。他抬头看向屋顶，发现汉博格先生正站在那儿挥舞着双手。他惨白的胸膛在太阳下闪着光。

消防员们抬着一个大蹦床似的东西，朝那栋教学楼跑去，停在汉博格先生所在位置的下方。

"只有跳下去才能获救！"汉博格先生尖叫着。

"等等，先别跳！"一位消防员喊道。另一位消防员从门口出来，摇着头说道："没有火，是错误警报。"

但是汉博格先生完全不听。他走到房顶的边缘，展开双臂，双手举过头顶，像一位专业的跳水运动员一样。

接着他以一个完美的燕式跳水姿势纵身一跃。人群一阵惊呼，所有人的目光都随着汉博格先生的轨迹落到了消防员们在正下方托着的救生网上。他硕大的肚皮在风中颤动着，就好像一个半满的水球一样。

一声闷响，汉博格先生的肚皮朝下落在了救生网上。

第三章

威廉坐在汽车后座上，看着一排排建筑从眼前飞驰而过。大雨滂沱。车窗内壁起了雾，外面的世界看上去疏离而又遥远。

"这老师是不是神经有问题啊？"妈妈嘟囔着。她的手紧紧地抓着方向盘，指节都发白了。

"你得换挡了。"爸爸指着变速器说。

"还有那个校长也是！"妈妈不满地说道。

威廉和爸爸妈妈刚从校长办公室离开。在校长办公室，汉博格先生把消防演习过程中发生的事情大肆渲染了一番，痛斥威廉的所作所为。他要求学校立刻开除威廉，否则，他就要状告学校管理失职。校长和往常一样，扯了一堆没用的，这让妈妈更加恼火了。

"我们得快点了，"爸爸催促道，他看着电池仪表盘，上面显示着外骨架剩余的电量，"我只剩下百分之八的电了。还有你现在得换挡了！"

"那蠢货是自己从楼顶上跳下来的，怎么就成了威廉的错了？"妈妈继续抱怨，还是没有换挡。

威廉看了一眼身边座位上的背包，包裹还在里面。他已经迫不及待地想把它拿给外公看了。如果世界上还有一个人知道这是什么东西，那个人一定是外公。

"学校应该把他开除了才对！"妈妈怒气冲冲地说道。她把方向盘猛地转向一边，汽车转进自家的车道，停了下来。

妈妈解开安全带，正准备打开车门，却发现有些东西不对劲。她目不转睛地盯着自家的房子。

"威廉，早上你是最后一个走的吧？"她终于问道。

"是啊，"威廉抬头说，"怎么了？"

"前门开着。"

威廉探身看去，妈妈说得没错，前门虚掩着。

"我肯定锁门了。"威廉说。

"还有，那是什么？"妈妈指着厨房的窗户问。

威廉继续探身，目光穿过起雾的挡风玻璃。

厨房窗户内侧有棕色的东西。

"上面也有，"妈妈指着二楼的窗户说，"所有的窗户上都有。家里发生了什么事？"

"我去看看……"爸爸打开车门出去，"你们在这儿别动。"他说着向门口走去。他身上沉重的外骨架在车道上哐啷作响。

威廉看着爸爸向前门走去。他真的要一个人进去吗？

"阿尔弗雷德……"妈妈下车说,"我们应该报警。"

爸爸没有理会,径直进了门。

威廉跟着妈妈来到门口,刚开始能听到爸爸在里面走动的声音,接着就什么声音都没有了。

"我得进去看看,"威廉说,"也许他的电池没电了,动不了了。"

"我们一起进去。"妈妈说着一下子把门推开。

他们走进前厅,目瞪口呆。

他们看到房间里满是他们刚才看到的棕色物质,深得已经淹没了爸爸的膝盖。好像是木屑……房间里全都是木屑。

"爸爸?"威廉轻声道。

爸爸没有回应。

好像木屑吸收了房间里所有的声音,威廉甚至不确定自己有没有发出声音。他艰难地穿过前厅。

爸爸正盯着客厅里的什么东西。

威廉在离他几尺远的地方停下。

"爸爸?"他小心翼翼地唤道。

"我这辈子从未见过这样的场景……"爸爸轻声说。

威廉走到他的身边,朝房间里看去。

家里所有的家具都不见了。地上满是积得厚厚的木屑,一直堆到窗边,好像家里刮过一场暴风雪似的。

"发生了什么事?"威廉问。

"不知道,"爸爸弯腰抓起一把木屑,木屑穿过他的指缝飘落,"好像家里所有的家具都被化浆了。"他若有所思地说道。

"化浆?"威廉问,"那是什么意思?"

"粉碎了,毁坏了,"爸爸答道,"意思是家里所有的东西都没有了……"

突然间一个恐怖的念头涌进脑海。

"不要啊……"威廉说着转身跑上楼梯。

"等等……"爸爸在他身后叫道。

威廉一步三层楼梯飞奔上楼,冲进自己的房间,呆住了。

他的卧室就像家里所有其他房间一样,地面上覆盖着厚厚的一层木屑。床、椅子、书架,还有外公给他的那张大书桌,全都不见了,所有的一切都变成了木屑。

"不要啊……不要啊……不要啊……"威廉呢喃着,艰难地走到大书桌曾经放置的地方。

他双膝跪地,在木屑中挖掘翻找,但不过是白费力气。他的心沉了下去。

大书桌不见了……

装载着外公的 U 盘,也不见了。

威廉听到爸爸在他身后叫道:"我们得走了,威廉,快!"

第四章

温顿一家驱车在高速公路上飞驰。

妈妈说，现在这样的情况，不能联系警察。如果有人可以毁了这个家，那么他们一定可以做出更可怕的事情，警察不是他们的对手。

"现在最重要的就是赶紧离开，联系研究所，越快越好！"爸爸说。

威廉在颤抖，但是他必须静下心来思考。如果 U 盘真的已经被毁，难道就意味着外公彻底死了吗？

"不用担心外公，"爸爸好像能看穿他的心事一般，"我们只要激活备份就可以了。"

威廉松了一口气。

"但是我们得先去研究所才行。别担心，威廉，外公很快就会回来的。"

威廉沉进椅子里。爸爸的话确实让他的心情平复了一些，但是他还是忍不住颤抖。保管 U 盘本来就是他的责任，外公那样信任他，他觉得自己愧对外公。

他强迫自己别再沉浸在愧疚的情绪里，而把注意力集中到事情本身上面：家里到底发生了什么？到底是谁毁了家里的一切？为什么？他紧紧地攥着那个神秘的包裹。到目前为止，他还没有找到机会和父母谈起这个包裹，但他有种不好的预感，包裹可能和所有这一切都有着某种关联。

他想着想着眼皮越来越重，竟睡着了……一个跳着舞的无面邮递员抓住了他，把他的双脚锁在了沉重的金字塔上。威廉挣脱的唯一方式就是解开金字塔上的密码，但是他没有时间了，因为这金字塔是一枚炸弹，眼看着就要爆炸了。这时，一群半裸的汉博格先生围住了他，离他越来越近，恶毒地笑着。威廉退了一步，突然意识到身后就是悬崖。一只机械手不知从何处伸了出来，轻轻一推，就这样，他跌落悬崖……

威廉惊醒，看着四周。

他还在汽车后座上，而汽车依旧在飞驰。他不知道自己睡了多久，但是一定有一段时间了，因为天已经完全黑了。

爸爸妈妈正在小声谈话，他们似乎没有注意到威廉已经醒了。

"……但是为什么我们不能直接打电话给他们？"妈妈问。

"明天再打，我需要时间想想。"爸爸说。

"想什么？"妈妈不耐烦地说道，"难道我们要这样漫无目的地开下去吗？还有，你的电池也彻底没电了，你都没有办法下车。我们需要开往机场，到研究所去，现在那里才是最安全的地方。"

爸爸没有回答，只是默默地坐着，凝视着车窗外漆黑的夜。

"我们能停一下吗？"威廉说，"我想小便。"

妈妈从后视镜中瞄了他一眼。

"这么急吗？"爸爸问。

威廉点点头。

"好吧，但是得快点。我们跑得越远越好。"爸爸说。

"我们已经开出来很远了。"妈妈说。他们的身边是一片一望无际的麦田，远远地和暗夜融为一体。

她慢慢地将车停到路边。

"别走远。"威廉开门出去时，她说道。

威廉把身上的夹克裹紧，走进麦田里。冷空气钻进了他的鼻孔。夜空晴朗，星罗棋布。

他向前走去，汽车引擎在他身后轻轻地嗡鸣，很快就只能听到风的呼啸和身边的麦穗沙沙作响。

这一刻他感到世界上仿佛只有他一个人存在。他仰望星空，不禁疑惑弗雷迪是否还存在于宇宙的某个地方。弗雷迪曾和威廉一样是研究所的候选人，但是后来和亚伯拉罕·塔利一起穿过了隐码传送门。他们现在还在一起吗？威廉无法想象比单独和亚伯拉罕待在一起更可怕的事情了。亚伯拉罕是这世上除他之外唯一一个身体里有骇金的人，但是和威廉不同，亚伯拉罕选择利用骇金赋予他的力量做了很多可怕的事情。他穿过了隐码传送门，想将骇金带回地球。威廉的视线飘向更远的夜空。亚伯拉罕的忠诚助手科妮利亚·斯特朗勒消失之前，说过亚伯拉罕会回来的。现在发生的一切有没有可能和亚伯拉罕有关系呢？

威廉继续往前走着，他注意到有两颗星星低低地挂在树梢上，比所有其他的星星都更加明亮耀眼。

"别走那么远，威廉！"妈妈在他身后的什么地方喊道。

他已经走到了麦田的中间。那个神秘的金字塔和家里发生的一切一定有什么关联，这个念头牢牢地占据着他的脑海。

他抬头，树梢那两颗闪烁的星星清晰夺目。威廉吓了一跳。它们是变大了吗？

这时他听到不远处传来低沉的轰鸣声。

那声音好像是割草机发出来的，而且越来越响。他环顾四周，身边还是漆黑一片，空无一物，但是那两颗星星更大更亮了，好像它们离他越来越近似的。

威廉一边盯着那两颗星星，一边在麦田中后退。

那不可能是星星。它们靠得更近了，威廉意识到那是两盏极亮的灯。威廉不断后退，越来越快。

那两盏灯不再移动，悬停在空中。

威廉也停下了脚步。

他眼睛都不眨一下。

此刻他脑海中只有一个想法：拜托，千万不要是亚伯拉罕·塔利……拜托，千万不要是亚伯拉罕·塔利……拜托，千万不要……

突然间，整块麦田都被灯光照亮了。

威廉猛地转身，奔向汽车，拽开车门，一跃而入。

"快开车!"他大喊。

第五章

威廉朝汽车后窗看出去，灯光紧紧跟在他们身后。

"那是什么？"妈妈尖叫道。

"只管开！"爸爸喊道。

妈妈一脚踩上油门，汽车在荒芜人烟的道路上飞驰。

引擎哀嚎，前轮处升起青烟，车里顿时充满烧煳的橡胶味，随之而来的是令人窒息的恐惧。

威廉想起科妮利亚·斯特朗勒，那个差点杀了他的女人。她有个标志就是如影随形的煳橡胶味，但威廉知道不可能是她，因为她已经在隐码传送门下自杀了。

威廉从未见过妈妈开车开得如此之快。她的双手紧紧地握着方向盘，汽车在乡村小道上疾驰，灯光在他们身后穷追不舍。威廉努力抓稳扶手，想看清车后到底是什么，但是强烈的灯光令他什么都看不清。它们就像恶魔邪恶的双眼。

这时他们已经开过麦田，周围是一片茂密的森林。

"那边！"爸爸指着一条狭窄的土路喊道。

"能行吗？"妈妈迟疑。

"开过去!"爸爸坚持,"这是我们唯一的机会了。"

妈妈猛打方向盘,车轮尖叫着离开柏油马路。

他们身后的灯光突然停下,在马路上方的半空中高悬着。

"它停下来了!"威廉喊道。

汽车飞驰在窄窄的碎石路面上,树枝不断地抽打着车身。他们身后的光点变得越来越小,直到被树木彻底挡住,消失在视野里。茂密的森林也挡住了月光,汽车的头灯是他们唯一的光源。

"我们到底要开多远?"妈妈问,"我们都不知道这条小路通到什么地方。"

她的双手紧握着方向盘,让车不要驶离这条狭窄的路。车轮时不时就会滑到路旁的小沟里,但是每一次她都能想办法把车再开回小路上。

"那边有一条路!"爸爸指着他们前方稍远处喊道。

妈妈转动方向盘,把车开上了一条宽阔的柏油马路。这条路上有明亮的路灯,和刚才森林里那段黑暗的旅途相比,这里明亮得就像进入了白天一样。

"我们把它甩开了吗?"妈妈问道。

"不知道,希望如此吧。"威廉说。

他起身跪在后座上,向后窗外看去。他们开上土路后就没有再看到灯光了。

妈妈突然刹车，车轮发出刺耳的响声。威廉因为惯性，向前撞上了爸爸的座位。汽车滑行了一会儿，停了下来。

威廉机警地坐直身体。他看到爸爸妈妈都看着窗外，一动不动。在他们正前方，两盏灯悬浮在半空中，好像正在等待他们一家。这一次，除了灯光，威廉还看到了更多的东西。

一个类似 UFO 的东西在他们前方盘旋。它有四个螺旋桨，通体黑色，没有窗户，有他们车的两倍那么大。

"这好像是架无人机。"他低声道。

无人机开始朝他们移动。

"我们现在该怎么办？"妈妈问。

"倒车。"爸爸小声说。

无人机朝他们猛冲过来。

"后退！"爸爸大吼。

妈妈一边将油门踩到底倒车，一边猛打方向盘掉转方向。

"它在我们上面。"威廉靠着侧边的车窗，努力去看上面的情况。无人机就在他们的头顶上，威廉勉强能看到它的边缘。

突然间，车顶砰的一声，整个车身向上跳了一下。插在启动装置上的车钥匙叮当作响，朝着车顶的方向移动，好像有股看不见的力量在拉扯着。威廉的背包也在向上移动，他一把抓过背包，如果金属金字塔在这个时候开始喷射火花，那可真是雪上加霜了。

"发生了什么？"爸爸吼道。他已经飘离了自己的座位，好在有安全带，让他没有撞向车顶。

妈妈在尖叫。

威廉贴着侧面的车窗向下看。他们已经远离了地面，飘在高空中。他们下方的树变成了小小的火柴棒，地上纵横交错的道路网变成了一条条细细的线。

"一定是块磁铁，"威廉说，"它用磁铁把我们吸住了。"

无人机加快了飞行的速度。很快，下面的世界里，绿色的森林、蓝色的湖水、棕色的大地，只剩下色彩，模糊一片。

妈妈的双手还紧握着方向盘。他们被彻底困在了高空。此刻一切努力都是徒劳，他们无处可逃。

第六章

几个小时过去了，无人机还在高空中，螺旋桨的声音震耳欲聋。风从一侧吹来，吹得无人机摇摇欲坠。威廉开始还想分辨出他们飞行的方向，但是下面只有一望无际的大海。

妈妈一开始非常慌乱，觉得磁铁一定会把他们扔下去。爸爸也没有办法，只能尽力劝她冷静下来。

威廉靠回后座，努力让自己不要慌乱。一开始的惊恐现在已经消失了大半。

太阳终于从海平面上升了起来。

妈妈趴在方向盘上，一言不发。也许她睡着了，也许她已经放弃了挣扎。爸爸还是飘在车顶下面，好在有安全带拉着他。

"看那儿！"爸爸指着前方喊道，"是陆地。"

威廉再次坐直身体。千真万确，远方一条海岸线出现在视野里。他们都没有说话，看着海岸线越来越近，越来越清晰。

很快威廉就意识到了，那白色的悬崖是多佛海岸线。

"我们是在英国。"威廉说道。

爸爸点了点头。

进入陆地上空之后，无人机又飞行了一个小时。这时螺旋桨的声音有了变化，变得更加深沉，听上去好像在减速，在下降。威廉把脸贴着车窗，向下看去。

他们下方的田野里，一幢宏伟的白色建筑拔地而起。一个巨大的公园在建筑周围延展开去，公园里有树木，有池塘。整个区域都被高高的围墙环绕，一条长长的砂石路穿过一道道精制的铁门一直通向白色建筑的大门口。

"是研究所。"威廉说。

他的爸爸妈妈对视了一下。

"他们至少可以告诉我们是研究所在做这一切，"爸爸抱怨道，"这样我们就不用整个晚上都提心吊胆的了。"

威廉也觉得这太奇怪了，弗里茨·高夫曼这样做几乎是在绑架他们。他决心等到达之后好好问一问高夫曼这是怎么一回事。但是现在，得知是研究所抓了他们，心中虽然还是对他们采取的方式感到愤怒，但更多的是松了一口气。

过了一会儿，汽车被无人机小心地放置在研究所大门前的砂石路面上。叮当一声响，磁铁放下汽车，爸爸也跌回自己的座位。

威廉打开车门走了出去，无人机这时已经在很远的高空中了。

"为什么要用这种方式带我们来研究所呢？太奇怪了。"威廉正想着，无人机已经在楼顶的空中消失不见了。

他看了看四周，尽管过程不太愉快，能回来还是很开心的。他和外公每天早上都在倒数着日子等待这一天的到来呢！

妈妈下了车打量着研究所："我只在外公的老相册里看到过这里。我……"研究所高大的正门突然打开，她的声音越来越小。

"你们的旅程愉快吗？"一个低沉的声音问道。

威廉立刻就听出了这个人是谁。他转身看到弗里茨·高夫曼高高的身影靠着白色的手杖站在宽石阶的最上面一层，身边是他的两个司机机器人。

"不愉快……我们的行程一点都不愉快，"妈妈抱着胳膊挑衅地说道，"事实上，令人极度不适。"

"是吗？"高夫曼走下楼梯，来到威廉身边，轻轻地拍了拍他的肩。

"我是弗里茨·高夫曼，"他向威廉的妈妈介绍自己，"研究所负责人。"

"我知道你是谁，我在照片里见过你。"妈妈说。

威廉看着高夫曼。他的身上有一种……奇怪的感觉……与他的气质不相称的东西。威廉无法确定，但是他的眼睛，让人觉得很奇怪。

"我们像猎物一样被那无人机追赶！"威廉的爸爸说着，把头伸出人行道一侧的车窗。

妈妈还在继续抱怨着，但是高夫曼似乎在考虑别的事情。他没有回答，反而从口袋里掏出一张报纸，看了一会儿，小心地折好，又放回口袋里。妈妈说完之后，有一会儿，都没有人讲话。

"真的很抱歉，"高夫曼终于说，"我的指令是好好地接你们过来。当我们听到你家发生的事情时，我想最好尽快将你们接过来，而无人机正好在那附近。"

"那种无人机显然不是用来接送人的！"爸爸从车中怒气冲冲地说道。

"我知道，"高夫曼面无表情地说，"这种无人机是研究所最近刚研发出来的，但已经覆盖了全球大部分地方。研究所用它们来执行各种各样的任务，主要用来运送考古发现的物品，它们的确不是用于接送人的。"

"你们怎么知道我们家发生的事情的？"爸爸问。

"我们一直在留意你们的动向，或者更准确地说，留意威廉的情况。隐码传送门的事情发生之后，我们就格外谨慎。一旦有人闯进你们家，研究所就能够立刻发现。只是很可惜，我们没能及时赶到，不然就可以知道闯进的是谁了。"

"你们怀疑谁？"爸爸问。

"现在还不知道。"高夫曼不假思索地回答。

他对站在楼梯上的司机机器人招招手，指了指还在车里的爸爸说："麻烦帮助温顿先生从车里出来，小心点，他们这一天已经够颠簸的了。"

两个司机机器人走过来，把威廉的爸爸抬出汽车，架着他。他就像个大号的婴儿一样挂在两个机器人中间，不大高兴的样子。

"有人闯进我们家会不会和研究所有关系呢？"爸爸问。

"当然没有。"高夫曼盯着他。

"但是你们的确在监视我们？"爸爸不悦。

"那是为你们的安全考虑，"高夫曼看着威廉说，"你们和世界上最优秀的密码破译大师住在一起，监控虽然令人不悦，我认为却是十分必要的。我们不能让他有任何危险。"高夫曼深深吸了一口气，"你们先好好休息一下，我们可以稍后再讨论这件事。你们一定已经饿了吧？另外，我们会为你准备一副全新的外骨架，"高夫曼指着威廉的爸爸说道，"我们研发出了一种新的型号，相信你一定会喜欢的。"

"先别管那个了。"爸爸说。威廉知道爸爸已经筋疲力尽了。

"新的外骨架拥有人体动力系统，"高夫曼继续说道，"你的身体每动一下都在为它充电。"

"我知道人体动力系统是什么意思。"爸爸嘟囔道。

"司机机器人将送你们去我们的新酒店，你们可以先休息一下。"高夫曼对司机机器人点点头，它们随即转身，抬着威廉的爸爸走上楼梯。

妈妈伫立了一会儿，然后看着威廉说："我想我应该陪他过去，你们俩一定有很多问题需要讨论。"

威廉点了点头。

"他们休息之后心情也能好一些。"高夫曼说着走向汽车，从后座上拿了威廉的背包。

"你就带了这么点东西吗？"

"是的，其他所有的一切都毁了。"威廉回答。

"如果有人使用了粉碎探测器，就会发生这样的事。"

"粉碎探测器？"

"闯进你家的人，一定在寻找什么东西，"高夫曼继续说道，"而且他们肯定使用了粉碎探测器。只要输入想寻找的东西，粉碎探测器就会把它行进过程中遇到的所有东西都粉碎掉，直到找到想找的东西为止。"

"我们得查到是谁闯进了我家。"威廉说。

"我们在查。"高夫曼盯着手里的背包说，"你最近不会碰巧收到了一个包裹吧，有吗？有人特意去找你吗？或者发生了其他不太符合常规的事情？"

威廉犹豫着，不知该不该说。"嗯，事实上……"他咕哝着。他看到背包正被高夫曼紧紧地拽在手中。

"可以把我的背包还给我吗？"威廉想去拿，但是高夫曼不肯松手。然后，他好像深吸了一口气，松了手。威廉拉开大口袋的拉链，小心地拿出一个金字塔形状的包裹。

"我收到了这个。"

"噢，我能看看吗？"

威廉听到高夫曼的声音在颤抖。

"小心，"威廉说着把包裹递给他，"它会喷射火花的。"

高夫曼伸出双手，小心翼翼地接过包裹。

"你从哪儿收到的？"

"是邮递员送过来的。"威廉说。高夫曼的举动有些奇怪，威廉不得不更加谨慎一些。他已经后悔把包裹给高夫曼看了。

"我想我得把它送去实验室检测。"高夫曼低声说道，仿佛害怕惊扰了金字塔一样。

"你怎么知道我收到了包裹?"威廉问。

"我也只是推测而已,"高夫曼目不转睛地盯着自己手中的包裹说,"闯进你家的人应该就是在找这个东西。"

他没有再多说一个字,转身走上石阶,头也不回地进了研究所。

第七章

威廉跟随高夫曼走进宽敞的前厅。只见所有人和形状各异、大大小小的机器人都在急匆匆地奔跑忙碌着。威廉看到几个孩子，好像是新的候选人。他们一行七人，都穿着研究所的制服——紫色夹克、蓝色裤子。

"既然亚伯拉罕·塔利已经不在研究所的地下室了，我们也就下调了安保等级，"高夫曼愉快地说道，"而且我们又开始招募新的候选人了。一切都已经回到了正轨。"

一群候选人从他们身边走过，有几个人偷偷瞄了威廉一眼，凑在一起，窃窃私语。威廉很高兴看到他们每个人手里都拿着一个球。过去，每一个候选人来到研究所的第一天都会领到一个属于自己的球。但是后来因为科妮利亚的出现，研究所安保等级升至五级之后，所有的球都被收回了。这些球就像谜题一样，需要候选人破解。谜题一共有十级，每解开一级，球就会呈现一种新的属性，并且允许持有者进入研究所内部更多的地方。

"楼梯怎么不见了？"威廉疑惑地看着高夫曼问。

通向二楼的宽阔石阶不见了，取而代之的是两架自动扶梯。

"哦，那是我的主意，"高夫曼说，"电梯显然比楼梯高效多了。"

"但是楼梯机器人怎么办？"威廉想到了那个可爱的小机器人，曾经执着地在这儿爬上爬下，它有时候爬得不错，有时候也会摔个大跟头。

"完全不实用，所以它已经退役了。"

"退役？那是什么意思？"威廉问。

"就是说它可以好好地休息了。"高夫曼笑道，"再说，现在都是电梯，也不需要楼梯机器人了。"

威廉站在那儿，看着四周忙碌的景象。两个锃光瓦亮的机器人从他身边驶过，它们是纯白色的，在顶棚洒下的阳光下闪闪发光。

"那些也都是新型机器人吗？"他问。

这时高夫曼已经走向了自动扶梯，没有回答。

"你好。"威廉身边一个声音说道。

他向下看去，发现一个闪闪发光的、扁扁的白色机器人停在他的脚边。它就像一条扁扁的机械鱼一样，具体来说，大概像一条比目鱼吧。

"你能让一下吗？"它说，"你站的地方我没法弄了。"

这又是一个他从前没有见过的机器人。威廉一脸茫然：

"你是做什么的？"

"我是新一代扫地机器人！"它骄傲地说道。

"那些旧的都去哪儿了？"威廉问。

"退役了，"扫地机器人答道，"因为新一代机器人更好。你能让一下吗？"

"你还过不过来了？"高夫曼从自动扶梯处喊道。

威廉正准备动身，一个声音问："你是威廉·温顿吗？"

威廉转身，在他面前是一群和他同龄的男孩、女孩，他们都好奇地看着他。一些女孩咯咯地笑了。

"你是，你是威廉·温顿吗？"一个女孩微笑着问，脸上满是期待。

"嗯……"威廉犹豫不决地答道。

"我们都认识你，"另一个女孩说，"还知道你做过的事……你怎么在伦敦找到亚伯拉罕·塔利的……喜马拉雅山脉事件……还有……"

"你能帮我解开我的球吗？"一个男孩插嘴道。

"不着急，同学们，"高夫曼喊道，"你们会有机会和威廉聊天的。"

威廉走向高夫曼，回头看着他们问："他们怎么会认识我的？"

"你在这里可算得上是一个小英雄了。"高夫曼说着踏上了自动扶梯。

"为什么?"威廉跟着他踏上自动扶梯。

"一会儿你就知道了。"高夫曼狡黠地笑着说道。

他们到了二楼,高夫曼径直沿着长廊走下去,威廉则虔诚地走近一个巨大的玻璃展示柜。

威廉停下了脚步,站在那里盯着眼前霓虹灯组成的大字:隐码传送门事件一览……

他一眼就认出了那行字下面的东西:一个古老的坑坑洼洼的球体。

就是用这个球,科妮利亚·斯特朗勒诱骗威廉开启了隐码传送门。球旁边是威廉的一张照片,紧挨着高夫曼的一张大照片。上面写着:喜马拉雅山脉事件的英雄们。这时威廉看到了一样东西,顿时惊呆了。他看向高夫曼,高夫曼也正盯着这个东西。不可能,这是绝对不可能的。一阵寒意在后背蔓延开,他忍不住颤抖,他眼前摆放着的竟是科妮利亚致命的机械手。

"为、为、为、为什么……"威廉结结巴巴地问,他不敢相信自己的眼睛,"为什么那个会……放在这里展示?"

"为了提醒我们不要忘记在喜马拉雅山脉发生的一切,"高夫曼说,"我们不能遗忘,我们要从错误中汲取教训。"

"但是机械手非常危险……有致命的危险！难道不应该把它锁在保险柜或者什么地方吗？"威廉几乎可以听见每一次科妮利亚按下按钮，准备发射时那震耳欲聋的响声。

"传送门已经被摧毁了，"高夫曼说，"科妮利亚也已经死了，这些东西对我们没有任何威胁。再说，这可是加强版防弹玻璃，原子弹在里面爆炸都没事。"

高夫曼指着玻璃柜说："你在这儿。"

威廉再次看向自己的照片，比高夫曼的照片要小得多，而且自己的照片是张黑白照。

"我们被写在历史书里了……"高夫曼的声音如同呓语一般缥缈，他还在盯着机械手。

威廉看着他，觉得非常奇怪。这时，他听到一个熟悉的声音："威廉？"

他转身看到伊斯亚从一群候选人中向他走来。她冲过来紧紧地搂着他的脖子，让他头晕目眩。

"见到你真高兴！"她兴奋地说道。她的身后站着七个候选人，他们大约和威廉一般年纪，或许比威廉还要小一些。她指着他们说："这些是新的候选人，今天刚到，我刚带他们参观完研究所。"

威廉朝他们点头微笑。

"是你……"一个男孩指着展示柜里的照片说道。他正准备继续说下去，却被伊斯亚打断了。

"今天就到这里，后面大家自由活动。"

于是几个候选人转身走向自动扶梯。

"我要去实验室做一些检测，"高夫曼托着手中的金字塔包裹说，"我想你们俩一定要好好叙叙旧。"他又依依不舍地看了展示柜一眼，走开了。

展示柜里，科妮利亚机械手上的一排排按钮闪着微弱的光，好像在呼吸一样。

第八章

"你怎么看这件事？"伊斯亚对展示柜挥了挥手。

"我真的不明白为什么高夫曼要把科妮利亚的机械手放在展示柜里，也不明白为什么他要挂着自己的照片……"威廉说。

"没人知道为什么。"伊斯亚小声说。

"是吗？"

伊斯亚正准备说点什么，这时两个白色人形机器人从他们身边驶过，她便什么都没有说。威廉刚才在大厅看到过它们。伊斯亚一直等到两个机器人在走廊上驶远才敢继续说话。

"八卦机器人，"她说，"它们监视着展览柜。其实它们监视着研究所里发生的一切，听着研究所里人们所说的一切，而且直接向高夫曼报告。在这里说话不太方便，我们去你的房间，我有很多事情要告诉你。"

威廉一边走一边观察着伊斯亚。从喜马拉雅山脉一起乘飞机回英国到现在仿佛已经过去了很久很久。自从在机场分开，他就再也没有见过伊斯亚了。

她的黑发已经长长了，而且她还是比他高一点。

"你本来是不是应该再过几个星期才回来的?"她问。

"是的,但是有人闯进了我家。"

"真的?"伊斯亚惊道,"是谁?"

"不知道。但是……"威廉环顾四周确保没有人听见他们说话,"装载着我外公的 U 盘不见了。"

"啊?"伊斯亚突然停下了脚步,"是他在喜马拉雅山脉给你的那个 U 盘吗?"

威廉点了点头。

"但是万幸本杰明那里还有备份。我得尽快拿到备份,外公一定知道些什么。"

伊斯亚一惊。"本杰明……"她喃喃自语。

威廉敲响了房间的门,他一直期盼着再和门聊天呢。

"是谁?"一个语调平平的声音问道。

"是我。"威廉答道。

"谁啊?"

"我!"威廉惊讶地重复道。门的声音不太一样了,没有音调的起伏,更加像金属的感觉。"是我……威廉。"

"你有权限吗?"门问,它好像对威廉毫无兴趣似的。

威廉一脸狐疑地看着伊斯亚。

"他们把所有门的软件都更新了,"伊斯亚小声说道,"高夫曼没有告诉你吗?"

"我是新一代产品，"门说，"上一代产品都已经过时了，退役了。"

"我的门也退役了？"威廉很失望，"这里到底发生了什么？"

"发生了很多事情。"伊斯亚说。

门上一个小口子打开，一只机器手伸出，手里拿着前额扫描仪。

"前倾！"门指示道。

威廉把前额靠了过去，扫描仪的灯变成了绿色。

"扫描通过。"门咔嗒一声打开了。

他们走进房间。

威廉在门口查看房间，好在房间看上去还是过去的样子：床靠在窗边，桌子和椅子在原来的地方，书架也还在原处，但是上面放了些新的书。威廉走过去，看到这些新书的书名是《平行世界》《金字塔科技》和《地球：一艘宇宙飞船》。有空时他得好好看看这些书。

他走到窗边，向外望去。上次在这里时窗上安装的钢条已经都不在了。除了两个闪闪发光的白色除草机器人，公园看上去一切正常。

"为什么要把所有的机器人都换掉？"威廉转向伊斯亚问道。

伊斯亚坐在床边，做出噤声的手势，示意威廉坐到她身边去。

她靠近威廉。

"它们能听见我们说话。"她指着门小声说。

威廉点点头，抓过一条被子，盖在他和伊斯亚头上。伊斯亚笑了。

"高夫曼决定将所有机器人升级，"伊斯亚耳语道，"他说研究所需要不断更新换代。很多人都和他意见相左。新型机器人虽然高效，却失去了魅力。"

威廉默默地点了点头。从他回来之后的亲眼所见，他知道伊斯亚是什么意思。

"高夫曼说到本杰明了吗？"她小声问。

"说什么？"威廉同样小声问道。

"他走了，辞职了。"

"辞职？"威廉小声惊呼，"为什么？"

"我不是很清楚。警报响起之后他和高夫曼发生了争执。"

"什么警报？"威廉诧异道。

"你没有听说吗？"伊斯亚轻声问，"星智特工出现的事情？"

威廉完全不知道她在说些什么："星——什么？"

伊斯亚深吸了一口气："星智特工，他出现了。那天之后，本杰明就辞职了……或者说……他就，不见了。"

"不见了？"

"是的，有一天他就这么不见了。照高夫曼所说，他辞职离开了，但这有点怪异，因为他没有告诉我们任何一个人。"

一个可怕的念头钻进了威廉的脑袋："那备份呢？如果本杰明辞职了……现在外公的备份在谁手里？"

"或许在高夫曼手里？"

一时间，他们都沉默了。威廉感到一阵寒意蹿上脊椎。

"星智特工是做什么的？"过了一会儿，他问。

伊斯亚正准备解释，门打断了她。

"你们俩在嘀嘀咕咕什么呢？"

"没什么。"伊斯亚拉开被子，站起身来，"我要走了，马上我要带另一组新的候选人参观研究所了。每天都有一车的候选人到来。"她拉开门，走了出去。

威廉看着她离开，陷入了沉思。

本杰明真的不见了吗？他们在说的警报是什么？星智特工又是做什么的？这一堆问题让他心烦意乱。

威廉站起身。

"晚餐是什么时候？"他嘟囔着。

"你问的问题太多了。"门冷冷地说。

第九章

灰白的月光穿过小窗照进黑暗的房间。窗外，寂静的夜里只有远处的护卫机器人行进的嗡鸣声。威廉还穿着来时的衣服，躺在床上。他已经这样躺了好几个小时了。

他希望伊斯亚能回来。还有一堆问题没有答案，他想有个人可以陪他聊聊，但是伊斯亚好像也知道得不多。威廉挪了一个座位，好看着窗户。这时候如果外公在的话，肯定可以帮上忙。

威廉也很想和高夫曼聊聊，但他的行为举止实在太奇怪了，就好像已经变了个人一样……废弃所有过去的机器人，派八卦机器人监视研究所中的一举一动……还有他派无人机送他们来研究所的方式……这一切都不像高夫曼能做出来的。太怪异了——甚至让人害怕。

最过分的是，本杰明竟然不见了。

有那么一会儿，威廉想要不要先找到父母，因为到研究所后就没有再见到他们。思来想去，威廉决定暂时不去找他们，等弄清楚研究所的事情之后再说。

"有人在门口。"门平淡地说道。

威廉在床上直起身："是谁？"

"不知道，"门回答，"十一点之后禁止任何人出入房间。"

威廉站起身。

"我要立刻向高夫曼先生汇报此事，"门继续说，"这是安全问题，而且……"

门外一阵电流的声音，火花从扬声器中四溅而出。房间里的灯闪了几下。

"门？"威廉叫道，但是没有回答，"门？你还在吗？"

威廉全身绷紧，目光紧盯着门口。

一声咔嗒响，门打开了，一个人的轮廓映入眼帘。是一个男人，穿着破旧的西装。

威廉退后一步。

"快点，我们得赶紧聊聊！"这个人说道。他把门关上，走进房间。

威廉退后撞上床边的墙。这个人一头金发，长着一张圆脸，苍白的皮肤上满是皱纹。威廉确定他以前从未见过这个人，但是他身上有些东西让威廉感觉很熟悉，可能是他走路的方式吧。

"我们时间不多，很快他们就会注意到这扇门坏掉了。"老人说着不安地抓了抓自己的下巴。

突然间，威廉意识到了他是谁，但是这怎么可能呢？

"本杰明？"他小声问。

"该死！"这人说着举起一只手按下了后脑勺上的什么东西。他的脑袋闪烁了几下，接着开始变化：头发从浅金色变成了黑色，脸也变得更长、更年轻了。

不一会儿，本杰明站在了威廉的面前，他头上戴着条金属头巾。

"这是全息影像头盔……如果能改变全身就更好了。"

"伊斯亚说你已经离开了研究所。"

"从某种意义上来说，是的。"本杰明点着头说道。

"你的意思是？"

"我辞职了，"本杰明说，"或者说，高夫曼把我开除了，但是我没有离开。现在这样的情况下我怎么可能离开研究所呢？我躲起来了，你不能跟任何人说你见过我，知道吗？"

威廉点了点头，说："有人闯进了我家，外公的 U 盘不见了。"

"这个你不用担心，我办公室里有备份，我们稍后解决这个问题，现在有更要紧的事情要谈……"他一脸期待地看着威廉。

"好了，东西在哪里？"本杰明张望着四周问道，"那个包裹？我一听说这事就过来了。"

"包裹？"

"金字塔呀……大概这么大，"本杰明用手比画着，"上面应该有奇怪的符文。"

"在高夫曼手里。"威廉说。

本杰明呆住了。听到这话他好像崩溃了，还有，他好像非常愤怒。

"是你给他的？"本杰明攥紧拳头。

"是的，"威廉回答，"或者说，他从我手里拿走了。"

"那你必须把它拿回来。"本杰明的命令不容置疑。

"那个金字塔是什么？"威廉问。

"是一个密码，"本杰明小声说，"世界上最特别、最重要的密码之一。亿万来年，它从未出现过，一直由星智特工守护着。但是现在星智特工现身在我们之中，这只有一个可能。"

"什么？"

"我猜你就是那个他想找的人，他把金字塔密码交给你，现在却被高夫曼拿走了。"

"你能再解释一下吗，本杰明？"

"我会把一切都告诉你，但是首先，是谁给了你这个金字塔？"

"一个邮递员。"

"这个邮递员长什么样子?"本杰明的脸上满是好奇。

"他比你稍微高一点,也更瘦一些。他开着一辆破旧的邮递车,整个人很苍白,脸上几乎完全没有血色。"

"那肯定就是他了!"本杰明兴奋地笑道。

"是谁?"

"星智特工。"本杰明迅速扫视了一圈房间,把声音压得更低了些,"这事关重大!"

"这个星智特工到底是谁?"威廉不耐烦地问。

本杰明深吸了一口气,目不转睛地盯着威廉。

"很多年前,我们在研究所的古异馆中发现了一卷特殊的羊皮纸,它藏在一尊非常古老的埃及雕像内部。我们用碳素测定这尊雕像约有两千多年的历史了。这卷羊皮纸中描述了一个自称星智特工的机器人。"

本杰明停下看着威廉,仿佛想确认威廉是不是认真在听。

"羊皮纸中说这个机器人守护着一个密码,可以开启一件古代兵器的密码。"本杰明不安地瞄着门口。

"什么样的兵器?"威廉的心怦怦狂跳。

"如果骇金回到地球的话,它将是唯一能够制衡这件兵器的武器。"本杰明又深吸了口气,然后匆忙说下去,"羊皮纸中说星智特工唯一的任务就是守护这个密码，等待一个可以解开密码、开启兵器的人。"

"所以金字塔是？"

"我相信金字塔就是密码。"本杰明说。

威廉静静地站着，给自己一些时间来消化这些新的信息。

"就是之前我手中的那个金字塔吗？"

"我想是的！"本杰明不再说话，他看着门口，仿佛听到了什么声音，"你收到的包裹就是那个密码。如果你能解开，你将开启古代兵器，也就是这世界上唯一能够阻止亚伯拉罕·塔利的东西。"

"但是为什么是我？"威廉结结巴巴道，"为什么是现在？"

"为什么特工会把金字塔交给你，威廉，我能想到的唯一原因就是，"本杰明顿了一下继续说道，"人类一定处在生死存亡的关头。"

威廉突然间明白了本杰明想告诉他的一切。

"你认为亚伯拉罕将会回到地球？！"

本杰明默默地点了点头。

一阵寒意蔓延至威廉全身。光是说起亚伯拉罕·塔利的名字就足以让他颤抖。真的有东西可以阻止亚伯拉罕和骇金吗？真的像本杰明所说的那样，星智特工希望他去开启古代兵器吗？

本杰明深吸了口气："我们要把金字塔拿回来。有人不希望你解开密码……"

本杰明正准备继续说点什么，但是外面一阵骚动，他赶紧退回门后。现在威廉能够听到电动摩托靠近的声音：一群护卫机器人快到了。

本杰明立刻把手伸进上衣口袋，掏出一条金属头巾扔给威廉，和他自己戴的那条一样。

"拿着，"他说着退出门外，"你会用得着的。"

本杰明开启了他自己的全息影像头盔，他的脸又变成了之前老人的样子。

"你一定要把金字塔拿回来，我们会帮你的。"

"'我们'是谁？"威廉问。

没有回答。本杰明已经不见了。

第十章

门还是坏的，于是威廉只能自己去开门。一群新型护卫机器人拿着钝化枪站在门外。威廉看见钝化枪不寒而栗，他还记得以前被钝化枪击中后的感觉。

"站到一边去，我们过来是要调查一起闯入案件。"一个护卫机器人说完就立刻驶入房间。威廉忙不迭地跳到一边。

护卫机器人拿着一个像高科技熨斗的东西，开始扫描房间。

威廉瞄了一眼床上本杰明留给他的全息影像头盔。如果护卫机器人有时间扫描完整个房间，就一定会发现头盔的。

"嗯……这里没什么事，"威廉说，"但是我听到有人跑过走廊的声音。"

护卫机器人转过身问："刚才有人在跑？"

"是的，听上去像在逃跑，很可能是听到你们过来害怕了。"

护卫机器人好像很满意，它转向其他在小房间外等着的机器人。

"走吧，我们要找到那个闯入者！"它说着立刻冲了出去。

威廉拐了个弯，来到另一条长长的走廊。本杰明走这边了吗？他如果还在研究所里，那么到底藏在哪里了呢？

夜已深了，威廉还没有睡，他反复回想着本杰明所说的一切——还有那些他想说但还没来得及说的话。必须尽快找到本杰明。

威廉在走廊的尽头转向左边，突然发现自己来到了隐码传送门的展示柜前。展示柜里有一束微弱的光，但彩灯已经关掉了。他还是不明白为什么高夫曼要把喜马拉雅山脉发生的事情展示出来。这些东西让威廉想起那些糟糕的事情，比如说，亚伯拉罕·塔利如何穿过了传送门，科妮利亚怎样杀害了外公，威廉一想到这些事情就很难受。

科妮利亚用她的机械手杀死了她自己，那机械手现在就在玻璃柜里放着呢。

威廉走近了一些。

他看到那个古老的球，他自己的照片，还有在他上面的高夫曼的大幅照片。

但是有东西不见了。

科妮利亚的机械手不见了。

这不可能。据说能够防核弹级别爆炸的玻璃展示柜完好无损，没有任何闯入或者破坏的痕迹，但是机械手确实不见了。

威廉一阵哆嗦。

他知道机械手可以自行移动，他在去喜马拉雅山脉的飞机上亲眼看到过。他又检查了一遍厚实的展柜，展柜是锁住的，也就是说机械手要有钥匙才能出得去。一定有人把它拿走了，但会是谁呢？

他走到一处黑暗的角落，这里有一尊高大的雕像——一个长着翅膀的女人，手里拿着一个球。威廉挤到雕像后面坐下来。在这里他正好可以看到玻璃展示柜，也许那贼早上会把机械手再放回来。

他只好明天再继续寻找本杰明了。现在他必须保持清醒，看看谁会把机械手放回来……

威廉猛地惊醒。早晨金色的阳光穿过他身后的大玻璃窗洒进来。他在雕像后往外一瞥，前方已经挤满了机器人和人类。两个女孩站在展示柜前，指着里面的东西在讨论些什么。

威廉站起来，拖着僵硬的腿来到展示柜前。

"你是威廉·温顿!"一个女孩说道。

威廉没有回答,他目不转睛地盯着展示柜里球旁边的东西。

科妮利亚·斯特朗勒的机械手又回来了。

第十一章

宽敞的餐厅里，服务机器人在餐桌间不停地忙碌着。新候选人三五成群地坐在一起吃着煎鸡蛋、香肠、吐司，还有松饼。大家都在笑着闲聊，他们真幸运，还不知道科妮利亚的机械手在夜里消失、白天又出现的事情。

"威廉·温顿。"一个机器声说道。

一个白色的服务机器人端着一盘新鲜出炉的烤卷饼停在他身边。

"怎么了？"威廉应声道。

"跟我来，"机器人说着继续向前，"你坐七号桌，他们在等你。"

服务机器人训练有素地在匆忙来往餐厅的人群中急速穿梭。它把餐盘稳稳地举过头顶，行进间不断回转与急停，竟没有一个烤卷饼滚落。

威廉跟着它来到七号桌，看到伊斯亚和昨天见到的那群候选人，他们的早餐已经吃了一半了。

威廉坐下来，面前摆着一盘松饼和果酱，盘子旁边是一大杯火星果汁。

"你被骇金控制，解开了'无人能解之谜'，这是真的吗？"一个金发女孩咬了口面包问道。大块的面包刚从烤箱里端出来，还冒着热气。她被烫到，做了个鬼脸。

威廉点了点头，羞红了脸。周围餐桌上所有的候选人都好奇地盯着他看，他低头看着自己的盘子，试着把注意力放在早餐上。

"这样的话也不算是控制，不是吗？"一个男孩说道，"我的意思是，如果它帮助你破解了密码，应该说更像是一种协助不是吗？"

"算是吧。"威廉咬了一口松饼，又立刻吐了出来。这饼就像陈年的硬纸板一样难吃。

"最近食堂的餐点真是不怎么样。"伊斯亚说着把盘子推开了。

"发生了什么事？"威廉喝了一大口果汁，想冲淡嘴里松饼奇怪的味道。

"换了新的烹饪机器人，"一个男孩说道，"还在学习烹饪呢。"

威廉还没有打算完全放弃松饼，说不定第二口会好点呢。于是他又咬了一口，勉强嚼了三下，还是忍不住吐了出来。这口感就像湿卫生纸和橡皮泥的混合体。

"你认为，当工人们一起在伦敦地下挖那些隧道的时

候，为什么会是亚伯拉罕·塔利发现了骇金呢？"另一个
女孩问。

"我认为这完全是意外。"伊斯亚马上回答。

"我也这么认为。"威廉看着她说。

"然后他就完全疯了，想在通过传送门进入外太空之前
杀死你吗？"另一个男孩问。

"这个……"威廉推开盘子，这松饼实在无法下咽。

"你吃完了吗？"一个清洁机器人说着就把盘子拿走
了，根本没等威廉回答。

"你不担心同样的事情会发生在你身上吗？"金发女
孩问。

"什么事情？"威廉反问。

"就是你也可能会发疯？或者变成坏人？"

威廉不知该如何回答。

"威廉体内的骇金没有亚伯拉罕·塔利那么多。"伊斯
亚说。

"我们知道，"女孩说，"威廉体内有一半是骇金。"

"但是你认为弗雷迪是怎么回事呢？"一个男孩说道，
他的牙套闪闪发光，"为什么他要跟着亚伯拉罕进入传送
门呢？"

"我不知道。"威廉回答。

"这事我们还没有搞清楚。"伊斯亚接着威廉的话说。

"我相信亚伯拉罕·塔利想去哪里就能去哪里,"一个戴着眼镜的短发女孩说,"而且很快他就会带着骇金返回地球把一切都毁灭了。"

这时两个八卦机器人驶过,所有人都不讲话了。

"好了,"伊斯亚环顾四周看有没有人注意他们在谈论的内容,"不要再讨论这些事情了,这是吃饭的地方。"

他们一时都默不作声。

威廉看着餐桌上的其他人。他们都盯着他,好像他是个英雄似的,但是威廉自己从不这么认为,而且他不喜欢别人把他当成一个名人看待。现在似乎每一个新的候选人都认识他,这样的话,他还怎么能在研究所里悄悄行动呢?得找到个法子。

他偷偷看了伊斯亚一眼。他希望早餐快点结束,这样他就可以把伊斯亚拉到一旁,告诉她自己夜里的发现,还有本杰明告诉他的那些事情。

"威廉,"一个声音叫道,威廉抬头看到是高夫曼,"能和你说几句话吗?"

威廉站起身。

"一会儿见。"伊斯亚笑道。

威廉点点头,跟着高夫曼来到餐厅外的走廊上。

"我们去哪儿？"威廉问。

高夫曼说了一句："你爸妈在外面等你。"他没有停下脚步。

"他们要走了吗？"威廉紧张地问道。

"是的。"高夫曼头也没回地说。

高夫曼穿过大厅，在前面带路，威廉正好有机会可以在背后观察他。他的脚有一点跛吗？好像是的。他的头发肯定没有过去那么整洁了。但是既然本杰明走了，高夫曼要做的工作肯定更多了，一定很辛苦。现在，威廉单独和高夫曼在一起，正好有机会看看本杰明告诉他的那些事情高夫曼了解多少。

"我……"威廉开口了。

"什么？"

"嗯，我在想……关于金字塔，你有没有什么新的发现？"

"没什么发现，"高夫曼没有停下脚步，"我们还要花些时间来研究。"

"你认为它是什么东西？"威廉继续问道。

"不知道，什么都有可能。"

高夫曼的回答像排练过一样流畅，就像他事先已经准备了这些问题的答案。

"那星智特工呢?"威廉知道这个名字会让高夫曼猝不及防,能够看到他真实的、下意识的反应。

高夫曼停下脚步,缓缓地转身,严肃地盯着威廉。他的眼睛里乌云密布,满是怒火,却突然开始大笑起来。

"所以,你已经听说了这个名字?好奇怪。我以为……"高夫曼顿了下,笑得更夸张了,他揉了揉威廉的头发,"星智特工只是一个古老的传说,没有人相信他是真实存在的,你不该听信研究所里的那些谣言,有些人不过是在胡说而已。"

"不是有一卷古老的羊皮纸上说……"威廉还没说完就被高夫曼打断了。

"没有什么星智特工,你听到了吗?"他转身走出大楼。

威廉决定不再追问下去。他得弄清楚金字塔在哪里,怎么把它偷回来。星智特工把金字塔交给他一定是有原因的。

外面,爸妈正在车旁等他。威廉看到爸爸时吓了一跳,他没有穿外骨架,他穿着一身崭新的西装站在那儿,开心地笑着。这是威廉这么多年来第一次看到爸爸不借助任何的辅助设备站立着。

"你觉得怎么样?"爸爸伸出双手好像要展示自己的新

衣服，但实际上是在炫耀他可以不靠工具自己站着了。

"这是巨大的进步。"高夫曼指着威廉的爸爸说。

爸爸解开衬衫，露出西装下面的东西，灰色的，闪闪发光。

"他穿的是一套全新型号的超级装备，"高夫曼解释道，"具备外骨架的功能。电脉冲能够大大增强穿戴者肌肉的力量。"

爸爸把衬衫的扣子扣好，冲威廉咧嘴一笑："是不是很帅？"

威廉点了点头，他从没见爸爸这么高兴过。

"该走了。"妈妈打开车门，看着威廉说。

"这是我们一直以来的梦想，"爸爸说，"能够回到英国拜访老友和亲人。我们可得好好叙叙旧了。"

"我们要去威尔士拜访你的叔叔，自从搬到挪威，我们就再也没有见过他了。"妈妈笑着对威廉说，"你爸爸刚刚和他通过电话，他等不及要见你了呢。"

威廉没有说话，他呆呆地站在那里看着自己的父母，不确定接下来要做什么。他们希望他跟着他们离开吗？他抬头看向高夫曼，但是高夫曼面无表情。

"那我……我跟你们走？"威廉转身看着父母，结结巴巴地问道。

"那当然了，"爸爸脱口而出，好像这是最显而易见的事实了，"高夫曼没有告诉你吗？"

威廉摇了摇头。

"我们都觉得这样最为妥当，"高夫曼说，"现在这儿对你来说不太安全，和你爸妈一起去会会亲友是最好不过的了，让你聪明的大脑好好休息一下吧。"高夫曼用瘦骨嶙峋的手指揉了揉威廉的头发。

"好了，我们得走了，"妈妈说，"我不喜欢开夜车。"她示意威廉上车，然后自己坐上了驾驶座。

威廉毫不情愿地走到车旁，打开车门，爬上后座。他向外看去，高夫曼还站在那里。威廉觉得自己好像看到了他唇边闪过一丝得意。

爸爸在前排坐了下来。

妈妈发动了汽车，他们开始驶离研究所。

"这应该是最好的选择了，"她说，"研究所里这么多奇奇怪怪的事情。我们去和家人团聚，你也可以好好放松一下，别再劳心劳力的了。"

妈妈一脚踩上油门，引擎咆哮着把威廉推回到后座上。他可以听到砂砾在后轮的转动下飞出去的声音。他转身看到高夫曼仍站在原处，好像要确认威廉真的已经离开了。威廉不解地挠了挠自己的头：为什么高夫曼要把他送走呢？邮递员已经清楚地说过金字塔不能离开威廉的视线，为什么高夫曼还要把金字塔拿走呢？有些事情不对劲。

汽车已经来到了研究所的边界——大铁门前，两扇门慢慢滑开，汽车通过铁门继续行驶。

威廉的双手埋在腿中，脑海中思绪疯狂涌动。他必须把金字塔拿回来，那个奇怪的人把金字塔交给他一定有足够充分的理由，所以他必须回到研究所去。

威廉把手伸进裤子口袋，掏出本杰明给他的金属头巾。

"停车！"

第十二章

威廉一路小跑。

说服爸妈简单得不可思议。当然，他明目张胆地撒谎了：他告诉爸妈要先回去拿到外公的备份，备份需要花上一些时间才能重启，稍后他会乘坐研究所的私人飞机追上他们。他们相信了。当然，威廉所说的也不算完全是谎言，只是事实的一部分罢了。

研究所大门顶上的摄像头在左右摇动。威廉知道要想进去却不被拍到是不可能的，很可能这时候护卫机器人已经收到了通知——威廉·温顿不该再出现在研究所。他肯定要用上本杰明给他的全息影像头盔了，然后，得找到伊斯亚。他没法单独完成这些事情，但是他心里已经有了个计划。

威廉戴上金属头巾，按下按钮。一束光从眼前射出，除此之外没有任何异样。他抚摸自己的脸，脸上仍是他自己的皮肤。全息影像头盔到底有没有起作用啊？

他看到不远处有一个小池塘，于是走过去看自己的倒影。他看到水面倒映的那张脸，吓了一跳。这是一位满脸皱纹的老人，长着络腮胡子，头发灰白，就像阿尔伯特·爱因斯坦。这太荒谬了，一张老人的脸长在一个小男孩的身体上，这副伪装会立刻被人识破的。

他又按下了头巾后面的按钮，他的脸变了，这次是张女人的脸。他又试了一次，这一次变成了一张男孩的脸，男孩一脸雀斑，红色头发，在水中回望着他。他想，这个正好。

突然间他听到汽车引擎的声音，威廉转身，看到一辆大巴车朝他驶来，他忙跑到灌木丛后躲起来。

大巴慢慢减速，在大门口停了下来。威廉朝外偷偷望去。一群和他一般年纪的孩子正朝窗外好奇地张望，又是新一批候选人。

威廉来不及细想，就弯着腰跑向大巴车。他跑到时大巴车刚要启动，他一跃而上，紧紧抓住保险杠。大巴车驶过大门，在砂石路面上颠簸前行。威廉觉得自己一定会被发现——或者被甩出去。

但是车来到大楼前，他既没有被发现，也没有被甩出去。等车停好，他立刻跳下，躲了起来。

孩子们蜂拥而下，很快大楼前就满是孩子们兴奋的叽叽喳喳声。威廉在角落里小心张望，他数了数，一共十四个孩子，一个大人。

威廉从他的藏身处出来，悄悄地跟上队伍，混入其中，一个人跟在队伍的最后面。

"大家都在吗？"队伍前面的那位女士问。

所有人都点了点头。

她穿着一件紫色西装外套，别着研究所的徽章。威廉曾经见过她，也很确定她认识自己，但是现在他带着全息影像头盔，非常安全。

"跟我来。"她说着转身走进研究所大楼，爬上楼梯。

进入研究所的感觉很奇妙，就好像是第一次参观一样。威廉看着大家，每个人都兴奋地睁大了双眼。唉！要是他们知道这里正在发生的一切就好了。

"欢迎大家来到后人类研究所！"他们进入宽阔的大厅，那位女士张开双臂说道。

人群爆发出一阵惊呼，但是很快淹没在大厅里忙碌的人群和机器人的声音中。房间里穿着白色外套的男男女女快步走过，热烈地探讨各种问题。一群年轻的候选人在展示他们的球，一个吸尘机器人忙不迭地想穿过拥挤的人群和各司其职的机器人。

"我的工作就到这里了，"女人继续说道，"我们最可靠的外勤特工——伊斯亚，将负责你们接下来的行程。她会带你们参观研究所。"

伊斯亚朝他们走来，威廉的心漏跳了一拍。

"欢迎大家！"伊斯亚笑着说。

新候选人跟着伊斯亚穿过宽敞的大厅。

威廉仍跟在队伍的最后。

伊斯亚向大家介绍了研究所主楼和后面的公园，候选人全都睁大了眼睛四处张望。现在他们要上自动扶梯了。威廉回头看向楼下的大厅，看到一群护卫机器人正穿过人群。难道他的行踪已经被发现了？

"大家这边走。"到二楼时伊斯亚说道。

一群人跟着她来到了隐码传送门展示柜，她驻足转身面对大家。威廉再次朝楼下望去，护卫机器人正随机拦人，举起前额扫描仪确认他们的身份。

威廉知道护卫机器人早晚会来到他们这边，然后它们立马就会发现他的真实身份了。

"你不过来吗？"他听到伊斯亚叫道。

她不耐烦地看着威廉："人到齐了我才能开始讲解，快点！"

伊斯亚转身面对隐码传送门展示柜，目不转睛地盯着它，好像不愿意告诉人们里面是什么似的。

"你刚才不在大巴车上。"威廉身边的一个声音说道。

"啊?"他转过身去。一个女孩头歪向一边,正仔细地观察着他。他的心越跳越快,难道已经被发现了吗?

"你不是跟我们一趟大巴车上来的,"女孩说,"你没有跟上你自己的队伍吗?"

威廉瞄了眼伊斯亚,她好像没有听到女孩说的话。

"是的,"他小声说,"上一趟参观我没有赶上,所以跟着这一队过来了。"

"喔,好的。"她点点头好像认可了他的解释。

"前额扫描。"一个单调的声音在他们身后说道。

威廉转身看到三个护卫机器人正朝他们驶来,中间的那个举着前额扫描仪,另外两个端着钝化枪。

第十三章

威廉的大脑飞速运转。护卫机器人已经拿着前额扫描仪停在了刚才和他说话的女生面前。

女孩一脸迷惑，转头正好对上威廉的目光。

威廉克制着自己逃跑的冲动。他必须保持镇静，如果他被发现，那之前的努力就全白费了，更别提再把金字塔找回来了。

"向前倾，"他说，"他们只是要扫描你的额头以确认你的身份。"

女孩吸了口气照威廉说的做了，她伸出头紧紧地闭着眼睛。

"不疼的。"威廉说。

护卫机器人举起扫描仪靠近女孩的额头，扫描仪上的红灯闪了几次变成了绿色。

"身份确认。"护卫机器人说着转向一个高瘦的男孩，"前额扫描。"

男孩把手背到身后，顺从地俯身向前。

威廉偷偷瞄了伊斯亚一眼，她还站在展示柜边上。威廉慢慢退到人群中，悄悄地朝她挥了挥手，但是她没有看到，她正盯着那个高个儿男孩。前额扫描仪的灯变成了绿色。

"身份确认。"护卫机器人说。

威廉更大幅度地挥了挥手，试图引起她的注意。

"喂!"他悄声道。

但伊斯亚还是没有注意到他。威廉没有停下挪动的脚步，很快就靠近到了她身边。

"伊斯亚!"他小声叫她。

她终于注意到了他。

"你不能脱离团队，"伊斯亚小声说，"你会被钝化的。"

当然了，她没有认出威廉，她看到的只是个陌生的红发男孩。

他偷偷地瞄了一眼护卫机器人，它们还在忙着扫描组里其他孩子的额头。

"是我。"威廉来到她的身旁。

"你在说什么? 赶紧归队，不然我俩都会被钝化的。"

"是我!"他又小声道，"威廉。"

"威廉?"她的神情像在看一个疯子。

"威廉·温顿。"他在她耳边说道。

"啊?"

"不能让护卫机器人发现我，"威廉说，"我戴着全息影像头盔呢。你得帮帮我，晚点再和你解释。"

她好像还是不明白他在说什么。

看来不得不展示给她看了。

威廉抬起一只手，摸到了金属头巾后的按钮。一束光在他的脸上闪过，伊斯亚瞪大了眼睛。威廉侧身看了看自己在展示柜玻璃上的样子，他的头又变成阿尔伯特·爱因斯坦了。

"威廉？"她惊恐地看了一眼那几个护卫机器人，"它们是在找你吗？"

"高夫曼以为我跟着爸妈一起离开了，但我其实没走。"威廉又按了下按钮，只是一瞬间，他又变回了刚才的红发男孩。

"那边的。"护卫机器人说。

护卫机器人拿着前额扫描仪靠近："前额扫描。"

威廉凝视着伊斯亚。

"快跑！"她轻声道。

"啊？"

"快跑，我来拖住它们。"转眼间她按下了展示柜旁边的报警按钮。金属墙从地上射出，团团围住了展示柜里的球、威廉的照片，还有科妮利亚的机械手。

警铃声大作，拿着前额扫描仪的护卫机器人立刻停下仔细查看展示柜。

"我们还得想办法见面，"威廉小声说，"我有很多事情要告诉你。"说罢他立刻转身以最快的速度狂奔。

第十四章

威廉一个人坐在操场的最远端。控制花园很久以前就已经关闭了，大部分的笼子都已经空了，只有几个里面还有机械植物。他仰头看了看身边的笼子，里面是一株未激活的食肉植物，头耷拉着，钢铁牙齿像锥子一样突出在嘴外。

似乎很讽刺，这里竟是研究所里唯一让他稍感安全的地方。他需要一个可以安静思考的地方，他得有一个计划。到底怎样才能找到金字塔呢？又怎么样才能找到本杰明呢？不知为何，威廉知道科妮利亚的机械手神秘消失又出现一定和这一切有关联。

听到一阵低沉的咔嗒声，威廉吓了一跳。有人进了花园，威廉起身向后退去。会是护卫机器人吗？难道他已经被发现了吗？天太黑了，他看不清楚来者是谁，但是它的眼睛闪着幽暗的红光，所以这肯定是一个机器人了。威廉又看了一眼，来的不是旁人，竟是吵架机器人！它在茂密的草坪上顿了一下，又开始朝他驶来。

威廉目不转睛地盯着它。

现在出去的话会不会有危险？

他犹豫地走了几步。

吵架机器人看到威廉后停了下来，好一会儿它都一动不动，一脸迷茫。威廉想起来自己还戴着全息影像头盔，于是按下后脑勺部位的按钮，面前一道光快速闪过。

吵架机器人立刻认出他来，满脸欢喜。

"是你！"它说着向威廉驶来。在离威廉几米远的地方，它停了下来，径直盯着威廉。

吵架机器人碰了下它自己的耳朵，小声说："我找到他了。"

接着它对威廉挥了挥手，说："你得跟我来，这里不安全。"

威廉有些讶异，没有动身。

"你是被钝化了还是怎样？"吵架机器人说，"抓紧时间，其他人都在等你。"

"谁在等我？"威廉问。

"本杰明还有其他人。"吵架机器人说，"事态紧急，等会儿我会好好跟你说清楚的。"高挑的吵架机器人随即转身，朝研究所的方向驶去，"如果你还待在这儿，护卫机器人早晚会找到你。那样的话，我再怎么会吵架也没有用了。"

"你怎么知道我在这儿的？"威廉穿过草坪朝研究所跑去。

"本杰明给你的全息影像头盔上有个信号发射器，"吵架机器人回答，"还有我建议你先别说话了，我们可不能被发现，我得把你送到储藏室去。"

"储藏室？"

"嘘！"吵架机器人叫他噤声。威廉感到自己紧张得全身发麻。

他们步履匆匆，来到通向研究所主楼的后门。吵架机器人在控制面板上输入了密码。

门哗的一声滑开了，里面是一架电梯。四周墙壁都很脏，地板上满是干树枝和枯树叶，墙上一道裂缝蜿蜒而上。吵架机器人驶入电梯，挥手招呼威廉跟上。

看到电梯里面的控制板，威廉意识到研究所的楼层比他想象的要多得多。他怀疑自己永远也不可能把研究所的房间都看个遍。

"电梯上行。"一个柔和的女声提示道。

"这架电梯基本上都是园丁机器人在使用。"吵架机器人解释道。

"我们去哪儿？"威廉问。

"到废弃机器人储藏室。"吵架机器人说。

"废弃机器人？"

"高夫曼把退役的机器人都堆放在那里，上面的环境非常恶劣，让人几乎无法忍受。"

电梯停下，电梯门朝两侧滑开，吵架机器人立刻驶出："快点，时间非常紧张，我们还得换另一架电梯到……"它还没来得及把这句话说完，一束蓝光射了过来，狠狠击中了它的胸口，火花四溅。

吵架机器人摇晃了几下，向前倒去，砰的一声砸在了地上。

第十五章

吵架机器人一动不动地倒在打开的电梯门前。威廉迅速扫了一眼电梯轿厢里的各个角落，顶上有个通风口。他在电影里看过很多次这样的场景，但是自己能做得到吗？

电动摩托的轰鸣声越发近了，他必须试试看。

威廉向上爬了起来，一只脚踩在轿厢一侧栏杆上保持身体平衡。他绷紧身体，一只手猛推应急舱口，舱口打开了。

威廉站起身，两只手紧紧抓住舱口的两侧，把自己向上拉。过程很艰难，但是他费了九牛二虎之力终于把自己的身体拉上了舱口。接着他把自己的脚也提了上来，赶紧把舱口关上。电动摩托的声音更近了。

电梯顶上又黑又冷，这时威廉发现他刚才没把舱口关严实，心里一紧。透过缝隙他能够看到电梯和吵架机器人身体的一部分，如果说威廉能看到它们……护卫机器人应该也可以看到他。

他把手伸向舱口，但是本能地缩了回来，就在这时两个护卫机器人出现在电梯门口。其中一个走进来，看了看。

威廉赶忙往黑暗处又退了些，屏住呼吸。

"这里没有其他人。"护卫机器人说。

"所以就它自己一个吗？"另一个指着被钝化的吵架机器人。

"但是我们听到说话声了。"

护卫机器人检查电梯："也许它在和自己吵架？"

"机器人不和自己说话，"另一个护卫机器人说，"这是常识。"

"我不同意这说法。"吵架机器人说。

"它还活着！"一个护卫机器人用钝化枪指着吵架机器人。

"它一动就开枪。"另一个护卫机器人从头顶射出一道红色的光。这道光开始扫描电梯，沿着墙面自下而上，不会有错漏。

威廉僵住了。一分钟之内他就会被发现了。

"祝你生日快乐，"吵架机器人突然唱起来，"祝你生日快乐，亲爱的……香蕉呀……大炮呀……可可粉呀……"

护卫机器人暂停了扫描，红色光线消失，它转过身观察吵架机器人。

"黑羊咩咩咩……有的，先生，有的，先生，三袋……发酵粉……蛋糕粉！"

"这机器人失灵了，"在电梯里的护卫机器人说，"我们得把它送去储藏室，免得它说出些不该说的话来。"

"你妈是个锡罐！"吵架机器人喊道。

"好的，那就这样吧。"另一个护卫机器人说着拎起吵架机器人，"你不准再说我妈了。"

"你没有妈，"吵架机器人说，"因为你是个机器人，蠢货。"

"你才是蠢货！"护卫机器人说，"现在给我闭嘴，不准动！"

"你妈是个平板电脑！"吵架机器人不动声色地说道。

只听到一声枪响，吵架机器人陷入了沉默。

威廉坐在黑暗里，看着两个护卫机器人把吵架机器人拖远。

"即便我们没有妈，"一个护卫机器人说，"也不能让人这么辱骂我们的妈！"

威廉一直等到嗡鸣声完全消失不见才敢呼吸。

他抬头看着自己头顶上漆黑的电梯井，下方舱口透进来的光线正好够他勉强看到四周。得自己想办法上去。吊着电梯的钢索就在他的身边，他抓着钢索起身，一只脚蹬墙，双手拉着钢索开始向上爬。

几分钟之后他到达了电梯井的顶端。他已经爬过了三层楼，浑身酸痛，汗流浃背。底下的电梯井幽深昏暗，他看到自己前方有座双开的电梯门，上面有一根机械控制杆，门上写着：紧急出口！

威廉松了一只手去够控制杆，他抓到了控制杆，用尽身上剩余的所有力气拉下了它。

电梯门朝两侧慢慢滑开，门前是长长的走廊。威廉的双腿在颤抖，手掌如灼烧一般疼痛。他在向上爬的过程中太过紧张，完全没有意识到自己耗费了多少能量。现在他只想躺下，但是不得不继续前行。

这里显然是个不常用到的地方。地上覆盖着一层厚厚的灰，他每走一步，都会扬起积灰。走上一会儿，就能看到灰尘里有几个脚印。有的脚印新一些，有的脚印久远一些。

他来到走廊的尽头，停了下来。这里是个死胡同，周围都是白墙，地上画了个红色的"X"。

威廉走到一面墙边，抚摸着光滑的墙壁。他用指节叩击墙壁，墙似乎是实心的。

他闭上双眼，如果这里有密码，他应该可以感受到。

但是他的体内没有震动，于是睁开眼睛，走向红色的"X"，站在"X"的正中间。

突然，他的头顶上传来一个深沉的声音："密码？"吓了他一跳。

天花板上有个井盖大小的白色舱口，让人几乎无法察觉。

"你有密码吗？"那个声音问。

"啊？"

"啊？"那声音重复道，"这个不是密码。"

"我在寻找废弃机器人储藏室，"威廉说，"请问在这附近吗？"

那个声音沉默了。

威廉站在那里，等待着。"你好？"他试探着问。

"威廉？"那个声音问，"是你吗？"

威廉认出了这个声音："是门吗？"

"威廉！"

威廉笑了，这是他以前的门。

"你在上面做什么？我以为你已经退役了。"

"我是退役了，"门说，"这上面没有什么可以做的。"

"我得到储藏室去，本杰明在等我。"

"太好了！他肯定在筹划些什么。"

"什么？"威廉问。

"不知道，"门犹豫道，"或许是一场革命？"

"革命?"

"你得去问本杰明,在这上面他是老大。"

一根巨大的玻璃管从天花板上降下来,正好停在威廉的头上。

"你确定要用这种方式去吗?"门问。

"只要能到废弃机器人储藏室,什么方法都行。"

"恭敬不如从命!"

玻璃管继续下降直至把威廉完全围住。

"祝你好运!"

威廉被吸了上去。

第十六章

威廉啪的一声掉进了一池紫色的液体中。他沉到了池底，疯狂地挥舞着双臂想浮出水面。他的四周都是泡沫，没有办法判断哪里才是水面。苦涩的液体涌进了他的嘴巴，他的肺因为缺氧而疼痛。恐惧逐渐蔓延，他激烈地挣扎着，却无济于事。

突然他感到有什么东西抓着他把他提了起来。他深深地吸了一口气，把眼皮上的东西抹去，眨了眨眼睛，终于看到了自己身处何处。

这是一个宽敞的白色房间，他被吊在水池的上方。

"净化完成。"天花板上扬声器里一个低沉的声音说道。

威廉抬头看到一条悬挂着的机械臂正紧紧地抓着他。

它把威廉移到水池外面，把他放在地上，消失在天花板的一个舱口中，接着天花板上又伸出来一个像大吹风机似的东西。

"开始干燥处理。"扬声器里的声音说。

吹风机里开始吹出暖风，风力很大，吹得威廉都快站不稳了。

"请站好，"吹风机指示道，"让我完成我的工作。"

强劲的风推着威廉来到了墙边，他紧贴着墙壁，衣服不停地翻飞，威廉以为衣服肯定要被撕裂了。

"干燥完成。"那个声音又说道。机械臂消失在天花板上。

"准备存储。"

威廉听到身后一阵低沉的嗡鸣，他转身看到墙壁正从中间分开，整面墙壁其实是一扇巨大的门。机械臂再一次从天花板上伸下，一把抓住威廉。它提起威廉，带着他穿过门，把他放在很远的一端，消失在刚才的房间里。门轰的一声关上了。

威廉观察着自己所在的巨大房间。这是一间巨大的储藏室，里面满是直通顶棚的高大金属架子，架子上塞满了机器人部件：胳膊、腿、手和脚，甚至还有头，上面都是灰尘。

"威廉？"一个熟悉的声音说。

是本杰明，他站在几个机器人中间。在他身边是上一代扫地机器人，他认出是从前打扫餐厅的那个，还有两个旧型护卫机器人。威廉松了口气，他终于来到了废弃机器人储藏室。

"你怎么通过消毒管道进来了？"本杰明问。

"你指的是？"威廉不解。

"你完全可以从这里的大门进来的。"本杰明指着不远处一扇普普通通的门说，"麦克思去哪儿了？"

"麦克思？"

"它应该带你来这儿的——麦克斯就是吵架机器人。"

"麦克思被护卫机器人钝化了，"威廉说，"我自己找来这个地方的。"

"明白了，"本杰明合掌说道，"那就意味着我们时间不多了，它们随时可能找到这儿。走吧！"

本杰明转身匆匆穿过一排排架子，几个机器人跟在他的身后。一群旧型护卫机器人守在门前，准备应对攻击。

威廉赶紧跟上队伍。本杰明来到架子中间的一片空地上，站在一张大铁桌旁。他的身边都是机器人，所有人都在看着威廉。

"你来了！"一个声音说道。

威廉看到了伊斯亚。

"你也在这儿？"威廉惊呼。

她点了点头。"在下面大厅的事情之后，本杰明找到了我，他想这里应该是目前最安全的地方了。我也用了全息影像头盔。"她拿着一条头巾说。

"不要闲聊了，"本杰明说，"我们还有很多重要的事情要处理。"

他招呼威廉过去。

桌子上放着一张老旧的建筑设计图。

"这是研究所的原始平面图,"本杰明说,"这里是主楼,这里是公园,这些是曾经伫立于此的古老城堡的遗址。"

本杰明用食指点着用黑色墨水标记的遗址。遗址旁写着——密码:善恶之尽,此言无意。

"这个密码做什么用?"威廉问。

"我稍后会解释的。"本杰明回答。

威廉看向伊斯亚,他在想伊斯亚对储藏室里的情况到底了解多少。

"它现在就在这里。"本杰明指着设计图上的遗址说。

"什么?"威廉问。

"密码克星。"本杰明看着威廉,好像威廉应该已经弄清楚这一切都是怎么回事一样。

"那是什么呢?"伊斯亚问。

"是非常先进的密码破坏器,"本杰明说,"设计出来干扰复杂密码、摧毁密码,让它们永无被破解的可能。不久前高夫曼指派我研究密码破坏器,这本来应该只是一个实验,但是我绝没想到他竟会用它来破坏宝贵的金字塔密码。我担心这项发明将会造成无法估量的损失。现在，我就像奥本海默后悔自己发明了原子弹一样，觉得自己愚蠢至极！"

本杰明摇了摇头。

"大本钟的警报一响，高夫曼就从我这儿把密码克星拿走了。我要把它夺回来，所以才不得不躲藏起来。他正计划着用密码克星摧毁金字塔密码。"

本杰明站在那儿注视着威廉。

"我还没有证据，但是我最害怕的是，研究所里有一股可怕的力量将不惜一切代价阻止你解开金字塔密码，阻止你得到密码里面的东西。"

"里面有什么？"伊斯亚问。

"唯一能够阻止亚伯拉罕·塔利回到地球的东西。"本杰明说。

"那是什么？"伊斯亚再次问道，她明显已经有些不耐烦了。

本杰明瞄了一眼威廉，好像不太愿意告诉他似的。

"里面是什么？"威廉追问。

"反骇金，"本杰明终于说道，"我现在没有时间详细解释，稍后有时间再细说吧。"

反骇金，这词儿让威廉感觉不太舒服。

"研究所里的这些力量，想阻止我们拿到反骇金的力量……"威廉皱着眉说，"你指的是高夫曼吗？"

"从隐码传送门回来之后，他就不再是从前的高夫曼了，"本杰明继续说，"研究所从前很多支持他的人也变了。大本钟的警报，还有星智特工的突然出现都让局势愈演愈烈。"

周围的机器人都开始不安地喃喃低语。

威廉思绪翻涌。

能够相信本杰明吗？他的头发一团糟，时不时还会紧张地抽搐，本杰明看上去比高夫曼还要疯狂。

"所以密码克星在这里，"本杰明又指向设计图，"在遗址深处一间地下密室中。很快就会有人用我的发明来毁灭高夫曼从你这里夺走的金字塔密码。"

"如果他们真的毁灭了金字塔密码，我们就永远失去了反骇金？……"威廉犹豫地问，"也就是说，我们没有任何东西可以阻止亚伯拉罕了？"

本杰明点了点头。

"星智特工把金字塔给了我，"威廉说，"如果我当时就解开了密码，这一切都不会发生了。"

"那也不一定，"本杰明含糊地说道，"你没有立刻解开密码其实未必是件坏事。"

"为什么？"威廉问。

"羊皮纸里面说……"本杰明停下清了清喉咙，又咽了口唾沫，好像不愿意说下去似的，"任何试图解开密码但是失败的人都会……殒命。"

一时间，房间里一片死寂。

"所以，如果我在学校里就尝试破解，却未能成功的话，金字塔就已经杀死我了？"

"是的，如果我们相信羊皮纸里面所说的话。"本杰明停顿了一下，"目前最重要的事情就是我们到古堡遗址去阻止高夫曼毁坏金字塔。这会很艰难，但是我想我们一定可以做到……至少我希望如此。"

"革命万岁！"一个机器人高举着手喊道。

"革命万岁！"其他机器人也齐声喊道。

"革命……"砰！一个机器人被一束蓝色光线击中，摔倒在地，火光四溅。

威廉转身看到一群新型护卫机器人正在逼近，它们每一个手里都端着钝化枪。

第十七章

"伊斯亚、威廉，快跑！"本杰明大喊，"不能让它们抓到你们，我来拖住它们。"

威廉拉着伊斯亚转身就跑。

他们跑进一排排架子中间，躲在一个塞满各种零部件的架子后。威廉探出脑袋看到新型护卫机器人已经将本杰明和那一小群已经退役的机器人团团围住。

"我觉得它们刚才没有看到我们。"伊斯亚耳语。

"希望如此。"威廉小声回答。

"我们现在该怎么办？"

"我得到古堡遗址下面去，拿回金字塔。"

"你说'我'是什么意思？"

"你刚才也听到本杰明的话了，"威廉严肃地看着伊斯亚，"太危险了。"

"你自己一个人办不到的，我陪你去。"伊斯亚好像有些恼怒。

"想得美！"一个空洞的声音在他们身后响起。

他们转身看到一个白色护卫机器人正用钝化枪指着

他们。

"起来!"它命令道。

他们缓缓地站起身。威廉瞄着四周,寻找可以用作武器的东西。他的目光落在了一个大木箱上,木箱里装满了球体,好像是机器人的眼睛。但是要怎么做呢?难道朝护卫机器人扔眼睛?

"过去和其他人站在一块儿!"护卫机器人挥舞着钝化枪说。

威廉示意伊斯亚照护卫机器人所说的做。他们走回到本杰明和其他机器人身边。

"在革命呢?"一个白色护卫机器人冷笑道。

"你们在这里策划什么革命呢?"另一个护卫机器人问。

"说革新可能更加准确。"本杰明面无表情地说。

"革新?"护卫机器人说,"革新什么?"

"革新……你的金属脸!"本杰明说话间拿出藏在身后的一条机器腿朝那护卫机器人脸上挥去。

那护卫机器人朝后踉跄了一下摔倒在地,躺在地上一动不动,其他护卫机器人只是站在那儿看着。

"这样一下就可以把我们打坏吗?"一个护卫机器人看着其他人问。

"那当然！"本杰明说，"我可是造你们的人，你们根本承受不了什么攻击。"

护卫机器人面面相觑。

"为了革命，站起来吧！"本杰明大喊着，在头顶上挥舞着机器腿。

"终于开始了！"一个深沉的声音从架子中间传来。

威廉转身，一开始他只看到了一些金属残片，但是很快他意识到这些金属残片在移动。一个硕大的金属机器人映入眼帘，大概有本杰明的三倍高。

威廉惊呆了。

所有的架子都开始摇晃，当啷作响，一个又一个巨大的机器人从架子间爬出来，很快十个巨型机器人就站在了他们周围。它们都像是废旧零件刚刚拼凑而成的。

"你们终于来了！冲啊，废铁机器人！"本杰明大喊。

护卫机器人都跟被钝化了似的，僵住了，一动不动。

突然一个废铁机器人冲向护卫机器人，大喊着："冲啊……"

其他废铁机器人也都冲了上去，地板都在震动。

护卫机器人见此情景，开始用钝化枪疯狂扫射。但是每有一个废铁机器人被钝化，就有两个新的从拥挤的储藏架子中间站起来。

场面一片混乱。威廉和伊斯亚趁机悄悄退后，躲到架子深处的黑暗中。

他们来到了威廉刚才进入房间的地方，但是那扇大门已经关上。

"这是我进来的地方。"威廉说。

"我们要怎么打开这门呢？"伊斯亚用手摸着墙壁。

"不知道。本杰明刚才提到这里还有一扇门。"威廉看着四周。

突然房间里不知何处传来一声巨响，接着是一阵电子嗡鸣声。

威廉刚拉着伊斯亚躲到一个架子后面，一大群护卫机器人就从另一侧驶过。待护卫机器人驶过，他们立刻拔腿就跑，这时他们看到不远处一扇电梯门正在慢慢关上。

威廉随手从旁边的架子上抓起一个重物，加快了奔跑的脚步，他不能让电梯门完全合拢。他低头看了一眼，自己手中抓着的是一个圆圆的金属机器人头。

"你在做什么？"那头突然睁开眼问。

"对不起，"威廉说，"但现在你也是革命的一分子了。"

"哇哦！"那个机器头惊叹。

威廉放慢脚步，滑行着单膝跪地，胳膊向后拉开，用力一掷，那个头就像一个保龄球一样向电梯滚去。它一边滚着，一边惊恐地大声呼喊，直到稳稳地停在两扇电梯门之间。威廉跑到电梯门前，但是开口太小了，他挤不进去。他用力想把门推开。

"帮帮我……"他咬着牙对伊斯亚说。他们俩合力终于把门推开一些，勉强挤进电梯。威廉抓起机器头，电梯门叮的一声关上了。

"我想也许你还是该来。"威廉一边把机器头塞进外套里，一边对伊斯亚说道。

第十八章

威廉和伊斯亚跑过研究所后幽暗的花园。

"这一切都太疯狂了，"伊斯亚小声说，"我们要怎么阻止密码克星毁灭金字塔呢？"

"不知道，但这正是我们要做的事情。"威廉回望着控制花园中自己不久前的藏身之处。

这会儿有两个护卫机器人正站在笼子边上。各处都能看到一些机器人的影子，花园里全都是护卫机器人。

为了不被发现，他们藏在花园最远端高墙下的阴影下。这时威廉确认了没有人能够看到他们，于是停下了脚步。

"你知道遗址在哪儿吗？"他问。

"我从来没有去过，"伊斯亚说，"但是我知道应该在花园尽头的湖的另一侧。"她指着前方的暗处："那是曾经屹立于此的中世纪古堡遗址，现在遗址下面还有一些地下通道，但是研究所不允许我们下去。"

"为什么？"

"因为结构非常不稳定，随时可能坍塌。"

"听上去就是一个藏密码克星的好地方。"威廉说着继续往前走。

很快他们就来到了湖的另一端。威廉仰望天空，一轮满月正在升起。

"我们得快点找到入口。"

"怎么找？"伊斯亚看着四周说。他们站在破旧的遗址中，散落在各处的巨大石块上长满了苔藓，到处都是杂草和灌木。

"肯定就在附近。"威廉小声说。突然他听到附近传来脚步声，忙停了下来。

两个人影在朝他们走来。黑暗中无法分辨他们到底是谁，但是当他们走入月光里，威廉看到这是两个长得一模一样的年迈妇人。她们一个穿着一身黑色西装，另一个穿着实验室外套。

威廉拉着伊斯亚躲到一丛灌木后面。

脚步声在稍远的地方停了下来，接着他们听到金属摩擦的吱吱呀呀的声音，好像一扇门在锈蚀的铰链作用下慢慢打开。那声音让威廉汗毛竖起。

过了会儿，威廉探出头去，两个妇人已经不见了。

"她们从那边某个地方进去了。"威廉指着前方小声说道。

他和伊斯亚沿着墙根潜行，到了一个石堆边上，两个人开始搜寻起来。

"这里！"伊斯亚把一丛灌木拨到一边。

灌木下面像是一扇锈蚀的地窖门。

"没有门锁，"威廉小声说，"只有一个把手。"

威廉伸手把门拉开，门嘎吱响。

长满苔藓的古老石阶消失在黑暗中，唯一能听到的是滴水的回声。突然间威廉感觉自己不想下去，但是现在后悔已经来不及了。

"有人来了！"伊斯亚小声说。

"走吧。"威廉说着开始向下走，伊斯亚紧随其后。

他关上铁门，周围立刻一片黑暗。威廉伸出手，摸到边上是潮湿的、凹凸不平的墙壁。

"我什么也看不见。"伊斯亚在黑暗里不知什么地方轻声说。

威廉听到有人在另一边摸索着铁门，接着拉开铁门，门就像嘶哑的怪兽般尖叫起来。冷冷的月光再一次洒在他们身上。

威廉和伊斯亚到了阶梯的底部，又沿着狭窄的石道向下走去，两边墙上有火炬闪着微弱的光。

"我们得躲起来，"威廉指着一个侧屋轻声说，"进去。"

他们赶忙躲进侧屋，脚步声逐渐靠近，他们把身体紧紧地贴着冰冷的墙壁。

三个人走过他们的藏身之处。通过身高判断，他们是成年人。威廉确信他们都带着全息影像头盔，因为他们都长着一模一样的老妇人的脸。

威廉从门口向外窥视：那三个人走远了。

"我们得把我们的头盔调成那个老妇人的样子，"威廉说着摸到了脑袋后面的按钮，开始切换不同的脸庞，"告诉我哪个是她。"

他们都切换了自己全息影像的脸，悄悄地跟着刚才的人来到了另一扇旧铁门前。

他们中的一个人举手敲门，三声短促的敲门声，然后是三声长的，接着是一声短的，又一声长的，最后是一声短的。门上的一个小口滑向一侧，里面是同样的一张脸，她咕哝了些什么，距离太远了威廉没能听清。

三个人进了门，门立刻砰的一声关上了。

威廉走过去，用同样的方式敲了敲门。

门上的小口打开了。

"密码？"一个低沉的声音在门内的黑暗中说道。

威廉和伊斯亚站在那里一脸茫然。

"密码？"那个声音又说道，已经有些不耐烦了。

这时威廉想起本杰明给他们看的设计图，地图上遗址旁边的字迹。

"善恶之尽，此言无意。"威廉说。

小口又一次关上，门打开了。

第十九章

威廉走进了这个小房间，小房间四周都是石墙，像置身一间中世纪的地牢。

他们前面坐着大约三十个人，所有人都是同一张老妇人的脸。

有几个人转过身看到威廉和伊斯亚，点了点头，威廉也同样点头示意。房间的另一边有个临时搭建的台子，应该是要展示什么东西，用白布盖着。

"我们坐下来吧。"威廉指着后排的空椅子轻声说。

房间里的其他人似乎对他们不感兴趣，都满脸期待地盯着台子。

突然台上的灯闪烁了三次，到场的人都彼此嘘声。威廉注意到幕布后面有人。

一只有力的手伸出幕布，将幕布朝两边拉开，又一个长得一模一样的老妇人走上前来。威廉尽量让自己淹没在人群中，不要引人注意。

"欢迎大家！"老妇人在台上说，"废话不多说，我面前是密码克星，而这里，女士们、先生们，则是你们等待已久的东西。"

妇人将金属金字塔从披肩下面拿出来，全场一阵惊呼。

"就是它！"威廉指着金字塔小声说。

"星智特工带着金字塔密码，也就是终极武器的钥匙，回来了，他还找到了威廉·温顿，但我在威廉·温顿破解密码之前就把它拿到了手。羊皮纸上记载的都是事实。"老妇人刚说完，台下发出一阵热烈的欢呼。

威廉意识到了台上的人是谁，一阵寒意蔓延至他的全身。这高瘦的身形，这身西装，这双有力的手，他必是弗里茨·高夫曼无疑。

这个人，到昨天为止，威廉还相信他是好人……这个人，他曾经数次救过威廉的性命……他怎么会有如此翻天覆地的变化？还是说，他一直以来就是这样邪恶？

台上的人抬手按了下脑袋后面的按钮，她的脸立刻变回了原本的样子，就是弗里茨·高夫曼。他的头发都梳到了后面，一只眼睛有些奇怪。右眼很正常，但是左眼在眼眶里不停地转动，好像两只眼睛在看完全不同的东西。

"我们都等待这一刻很久了，"高夫曼走到密码克星旁边继续说，"终于，我们来到了这里。我们在研究所从事的事业，在这一刻到达了巅峰。我们所做的一切，都是为了更加光明的未来。是我……是你们……在引领这场变革！"

高夫曼停下，看着密码克星。

"这些都要归功于我们在隐码传送门取得的成就。"高夫曼咽了咽口水，"元老集合会，我们就要掌控全局了。"

"成就？"伊斯亚小声问，"他在说什么？"

高夫曼看向观众席，此刻他仿佛正盯着威廉看。

威廉身体僵直，害怕高夫曼已经认出了他，害怕他和伊斯亚已经暴露了，害怕这一切根本就是一个陷阱。

"这是一个伟大的时刻，"高夫曼继续说道，"只要没有了星智仪，我们将变得坚不可摧。他们再也无法抵挡骇金的回归，很快我们就能迎接亚伯拉罕·塔利重回地球！"

威廉看着伊斯亚。高夫曼疯了吗？

高夫曼扫视着台下的观众，以豪迈之姿用力甩出手臂，转向白布覆盖的机器。

一瞬间，他将覆盖的白布猛地拉开："我们开始吧！"

第二十章

台上是一个人形机器人，看到它的一瞬间，威廉浑身汗毛根根竖起。那机器人在桌子后面弓着背，就像死神一样。它坐在那里，机器手向前伸着，头低垂在胸前，像一个僵尸。

"请大家欢迎密码克星！"高夫曼说着把金字塔放在机器人面前的桌子上，俯身按了机器人背上的什么东西，机器人的头随即抬了起来，它细细的眼睛变成红色，金属身体抽搐着。

房间里的所有人都盯着它。它眨了眨眼睛，头前后转动着，好像在看周围所有的人。

"你准备好了吗？"高夫曼问机器人，机器人点了点头。

威廉石化了，他看着机器人拿起了金字塔。有一瞬间，机器人好像也在看他。机器人转头，威廉看到它的脖子上有什么东西突了出来，他立刻认出那是外公的 U 盘。是这个 U 盘和外公的密码学知识提升了这个机器人的分析能力吗？

机器人可怕的眼睛里射出一道红光，开始扫描金字塔。很快它闪闪发光的金属手指就开始移动金字塔上的每一个构件，就好像金字塔只是一个普普通通的魔方一样。

威廉不能坐以待毙。

本杰明要他们必须阻止机器人毁坏金字塔密码。威廉看了看四周，所有人都在聚精会神地看着台上。

他突然想起来他的衣服下面还藏着从储藏室拿的机器头。他小心翼翼地把机器头掏出来。它的眼睛闪着红光。

"你能再帮我一次吗？"威廉小声问。

"为了革命，随时可以！"机器头小声回答道。

"你在干什么？"伊斯亚看到威廉手里捧着机器头。

"我要用这个头……"威廉小声说着，站了起来。

"威廉，你疯了吗？！"伊斯亚刚来得及说这么一句，威廉就举起机器头，用自己最大的力气把头扔向台上。

"革命万岁！"机器头在空中大喊着，正好击中了台上密码克星机器人的胸口。机器头从巨大的机器人身上弹开，滚落在地。密码克星暂停了手上的工作，不过才一秒，它就开始继续扭转金字塔上的各个部分了。

高夫曼转身目光落在了威廉身上。

"抓住她！"高夫曼指着威廉大喊。

离他最近的两个护卫机器人举起钝化枪朝威廉驶来，

他无处可逃。

突然间台上传来砰的一声，接着是一声响亮的口哨，所有人都愣住了。威廉以前听过这声音。

他看向密码克星机器人。它停止了手上的工作，高举着金字塔密码，就在这时金字塔开始喷射火花，剧烈震动起来。

"不！"高夫曼大喊着冲向密码克星。

金字塔中出现了一道强光，高夫曼停下脚步。那光变得越来越耀眼，好像金字塔就要爆炸一样。一束激光射穿房间，接着是一声爆炸的巨响。威廉本能地扭过头，用双手捂着脸。

接着，房间里一片死寂。

威廉再次睁开眼睛看向台上，发现密码克星已经不在椅子上了，它已经变成了一大堆烧熔的金属瘫在桌子旁的地上，一双机器腿伸展着，好像一堆长着腿的火山岩浆。金字塔在它旁边的地上。

"这是怎么回事？"高夫曼大喊。

"你的计划好像泡汤了，高夫曼！"人群中一个声音大喊道。

"革命万岁！"另一个声音高呼。台下的一个观众关掉了她的全息影像头盔，这似乎是一个零件堆叠而成的机器人，它应该是本杰明的废铁机器人。

威廉看着四周，也许还有其他自己人在这儿？果然没错，会议中的人一个接着一个地站起来，高呼："革命万岁！"

"出口见。"威廉说着把伊斯亚推向门口。

"你去哪儿？"伊斯亚拉着威廉的胳膊问。

"我要把金字塔拿回来！"威廉挣脱伊斯亚，在一片混乱中艰难前进。他爬过几个椅背，朝台上走去。在他身边，废铁机器人和新型护卫机器人正打得难解难分。

威廉跟前一个革命的机器人被钝化枪击中，瘫倒在地。另一束光线从他脸旁擦过，威廉趴倒在地，匍匐前进。

他到了舞台边上，先小心地探出头去，然后爬上台，朝那堆闪着光、冒着烟的金属爬去。他伸出手去够金字塔，就在这时听到了高夫曼的声音在他身后响起。

"住手！"

威廉僵住了，等着自己被钝化光线击中。

但是没有钝化光线击中他，相反，高夫曼走到了他面前，死死地盯着他，时间仿佛凝固了一般，他的另一只眼睛却在看着别处。威廉确定自己曾在哪里看到过这样的表情……

高夫曼俯身找到了威廉全息影像头盔的按钮。嗖的一声，一束光在他的眼前闪过。

"真是不错呀！"高夫曼说，"我猜你又想办法回到了研究所。"

威廉没有回答，他只是不明白为什么高夫曼会变成现在这个样子。

一束钝化光线猛地击中了高夫曼的肩膀，他朝后踉跄了一下，摔倒在地。威廉转身看到伊斯亚手中端着一把钝化枪。

"快走！"她喊道。

"等一下！"威廉回道。

他弯腰想捡起金字塔，但是它一动不动，金字塔的一部分卡在熔化的金属里了。

"小心！"伊斯亚喊道。

威廉抬头看到两个护卫机器人正朝台上驶来，它们手里的钝化枪都瞄准了威廉。

他绝望地看了金字塔一眼，翻身滚下舞台，朝伊斯亚奔去。他们俩一起朝远处的门口狂奔，空手而归。

第二十一章

威廉和伊斯亚跌跌撞撞地穿过地窖门，跑进公园。一束钝化光线在他们身后射出，击中了铁门。砰……听上去就像有人敲了一个巨大的锣，提醒公园里面的护卫机器人们这里出事儿了。

"这边！"威廉喊道。

他们得找个地方躲起来，好思考下一步应该怎么做。威廉本以为自己一定能把金字塔拿回来，但是现在他们只能随机应变了。

他们跑进黑暗的花园，在灌木丛里穿梭。

"那边！"伊斯亚说着指向湖边一排高大的树木。

"等等！"威廉说着停下脚步。护卫机器人的嗡鸣声越发近了。

伊斯亚跳起来抓住一根低矮的树枝，她看似毫不费力地一晃，就已经坐在了树枝上。

"快点！"她说着伸出手。

"你在哪儿学的这一招？"威廉小声说着抓住了她的手。

"我小的时候后院里都是树。"她轻声回答道。

威廉可没有伊斯亚那么优雅，但很快，他也坐在了伊斯亚旁边的树枝上。

"我们得再爬得高一些。"伊斯亚安静而又敏捷地向上爬，就像一只蜥蜴在粗大的树枝间灵巧地移动。威廉想学她，但是在黑暗中爬树根本不像她看上去那么轻松。

不久，他们就一起坐在了大树高高的顶端，看着护卫机器人在远远的下方用红色的搜索光线寻找他们。他们坐着的这棵树比其他的树都高，在这里威廉能一直看到公园另一头的研究所主楼。

大树顶部的树枝和树干都比下面细了很多，他们任何一个细微的动作都会让大树摇晃。威廉坐着的这根树枝不过他的手腕粗细，感觉随时都可能折断。

"我们现在该干什么？"伊斯亚轻声问。

"不知道。"威廉回答。

他看着四周想找一条逃生的路，但是很快就意识到他们没有地方可去。其他的树都太远了，根本跳不过去，他们被困在了树上。他们现在唯一能做的就是等，希望自己不被发现。

威廉想如果在树顶上被钝化会发生什么。首先他们会完全失去对自己身体的控制，然后他们会翻下树枝，摔在地上。

"高夫曼竟然偷了 U 盘想摧毁反骇金，你能相信吗？"威廉轻声说。

伊斯亚哀伤地摇了摇头："我知道他最近变了，但是，他竟然完全发了疯。我……"

她的话被树下的声音打断。

两个护卫机器人停在了他们所在的树下。伊斯亚紧张地抓住了威廉的胳膊。护卫机器人的红色光线开始沿着树干向上扫描。

越来越高。

威廉屏住呼吸，目光跟随着光线移动。光线已经到了树的中间，还有几秒钟威廉和伊斯亚就要被发现了。

突然远处传来一声爆炸的巨响，震得整棵树都在摇晃。

移动的光线就在他们的身下停了下来。

威廉看到研究所大楼的屋顶升起一道漆黑的烟柱。

他再向下看时，红色的光线已经不见了，只听到护卫机器人的电动摩托在黑暗中驶远。

威廉和伊斯亚静静地坐着，直到他们完全确认护卫机器人都已经走远，他们出神地看着研究所主楼屋顶上闪烁的橘红色火焰。

"好像有什么东西在储藏室爆炸了。"伊斯亚说。

"本杰明还有其他人都在上面，"威廉说着，他还没有意识到自己已经在向下爬了，"我们得做点什么。"

威廉从最底部的一根树枝上下来，伊斯亚也到了地面，站在他身边。他们听到护卫机器人正朝着研究所主楼驶去。

"到底发生了什么事？"伊斯亚问。

"只有去了才能知道。"威廉说着开始朝研究所走去。

"你疯了吗？"伊斯亚反对道，"那里现在全都是护卫机器人。"

"不然我们应该怎么办？"威廉转身面对伊斯亚，"本杰明在那儿，他需要帮助。"

不一会儿，他们就已经穿过花园，朝主楼跑去。

月亮高悬在天空中，冷冷的月光照在草坪上集结的护卫机器人身上。

"我们得穿过去，"威廉斩钉截铁地说，"在这儿等着我回来。躲起来，无论发生什么你都不要出来。"

"你什么意思？"

"就在这里等着，"威廉说着转身朝护卫机器人走去，"如果我半小时之内没有回来，你就离开这儿。"

他走到那群护卫机器人身后不远处，它们这时都背对着他看着燃烧的屋顶。大楼里什么地方的火警警报器正呜呜响着。

威廉看了看四周，发现旁边的花坛里有块石头，他捡了起来。

"嘿！"他喊着，用尽全身力气把石头扔向护卫机器人。

石头正好砸中了一个护卫机器人的头，哐啷一声。

所有护卫机器人都转过身来。

那个护卫机器人的后脑勺被砸出一个大坑，它立刻转过身，朝威廉开了枪。

第二十二章

两个护卫机器人架着布袋一样摇摇晃晃的威廉在研究所主楼的走道上飞速行驶。

他们像在直奔目的地，威廉知道它们要去哪里，这也正是他想要的：它们要把他直接带到高夫曼的面前。

因为被钝化，威廉还无法动弹。新型钝化枪似乎不仅能钝化肌肉，就连骨头也变成了橡皮一般。

护卫机器人在走廊的尽头停下，其中一个在门边的控制面板上输入了一个密码，门哗的一声打开了。

他们进入大厅，显然他们刚才走了一条秘密通道。

大厅里满是护卫机器人，它们挤来挤去，守着空电梯，似乎在等着什么。

威廉能听到高处远远地传来撞击打斗的声音，好似一个大型婴儿合唱团正朝他们走来。

"为什么带他来这儿？"一个熟悉的声音大吼。

威廉刚能勉强动一下脖子，就看到高夫曼正推开一众机器人朝他们走来，两个红发司机紧紧跟在他的身后。

"他可是威廉·温顿。"一个架着威廉的护卫机器人说。

"他还朝我们扔石头，"另一个机器人说，"特别用力。"

"朝泰德。"另一个机器人指着站在后排、头上有个大坑的护卫机器人说。

高夫曼来到他们面前，眉头紧锁，却没有抬头看威廉。他的左手塞在外套里，这让威廉想起了拿破仑在油画里常见的站姿。奇怪，他胳膊受伤了吗？

"现在不该有人来这儿，特别是他。"高夫曼用右手指着威廉，却还是没有看他，"我们现在处于紧急状态，只有经过我的允许才能进来。"

"但是他扔石头……"

"闭嘴！"高夫曼吼道。

几个机器人垂下了头，看着地面，好像不敢和他对视似的。他阴鸷地一瞥，威廉从未在他的眼睛里见过这样令人恐惧的黑暗。

"带他出去！"高夫曼命令道，他的左手依然藏在外套中。

威廉想说点什么，但是他的嘴巴还不听使唤。他非常急切地想质问高夫曼，问他为什么要做这些事情。

"出去！"高夫曼推搡一个护卫机器人，那机器人向后一个趔趄又撞到了它身后的机器人。高夫曼的身体抽搐着，仿佛正在经历什么痛苦。他抓着自己的头发。

"给我出去……"高夫曼颤抖着，脸痛苦得变了形。"不！"他咬紧牙关。

护卫机器人转身向门口驶去。威廉想反抗，但是他还无法发出声音。他想尖叫、踢腿、挣脱，但实际上只能虚弱地拍打两下。

"站住！"高夫曼大吼，"你们要去哪里？"他的声音很奇怪，变得粗哑而又含糊，好像有什么东西卡在他喉咙里似的。

护卫机器人停了下来。一会儿让走，一会儿不让走，它们很困惑。

"您刚才让我们出去。"一个护卫机器人说道，没有转身。

"我没有说过，"高夫曼怒吼，他的声音变得干涩刺耳，"现在立刻过来！"

两个护卫机器人面面相觑，不知道要怎么办。

威廉挂在两个机器人之间，他想扭头看看身后的情况，但是身体还不听使唤。

高夫曼好像突然变了一个人的声音，好像结合了高夫曼的声音和……

威廉呆住了。这怎么可能呢？在隐码传送门她已经用机械手将她自己粉碎了，但为什么高夫曼会发出她的声音？

"给你们三秒钟，"高夫曼嘶吼，"不听话的话就把你们变成金属粉末。"

护卫机器人转过身，但还站在原地犹豫。威廉看着高夫曼，他现在可以确定了，不知道为什么，但是弗里茨·高夫曼有着科妮利亚·斯特朗勒的嗓音。

高夫曼把他的左手从外套中拿了出来，他动作很慢，好像要让威廉好好看清楚一样。

这一刻仿佛有一股电流穿过了威廉的身体，令他喘不过气来。

高夫曼戴着科妮利亚·斯特朗勒的机械手，就是一直在玻璃柜中展示着的机械手。

"你正是我一直在找的人，"高夫曼大步向威廉走来，用科妮利亚沙哑的嗓音说道，"但是那个心软的蠢货高夫曼一直在和我对抗。"

高夫曼推开拥挤的护卫机器人向他走来，他的步伐像慢动作一样。大厅里的氛围已经完全改变，整个空间都变得安静无比，连空气都冰冷起来。

高夫曼来到威廉面前，站在那里看了他一会儿，俯身凑近威廉。现在威廉可以闻到了，曾经属于科妮利亚的令人作呕的煳橡胶味。

"你可真有意思啊，是吧?"高夫曼用科妮利亚粗哑的嗓音小声说，"我觉得你有用，高夫曼却说你没用……"

威廉没有回答。

他的眼睛盯着那只机械手。

又一声爆炸从他们上方某处传来。地面在摇晃，大厅里的机器人都撞在一起，发出丁零当啷的声音。

高夫曼吓了一跳，脸上满是痛苦。

"他们来了。"高夫曼看着自动扶梯，用他正常的嗓音说道。突然间，他转向威廉，抓着威廉的领子把他拉近："威廉，你快走! 她在我的体内，我无法阻止她，你快走!"

高夫曼的身体又是一阵抽搐，他的眼睛变黑了。

"急什么，你这个小杂种?"科妮利亚的声音咆哮着，"把金字塔拿过来……你来摧毁它。"

高夫曼的身体又是一阵抽搐。

"小杂种必须亲手摧毁金字塔了，多么甜蜜的讽刺啊!"

高夫曼对一个司机机器人点了点头，它走过来，打开一个皮袋子，拿出金字塔。不知道用了什么方法，他们把它从熔化的密码克星中取出来了。

高夫曼转身将金字塔递到威廉面前。

这时又一声爆炸响起，地动山摇。很多小块的混凝土从天花板上掉落，砸向护卫机器人，就像冰雹砸在铁皮屋顶上一样叮叮当当的。

"你最好快一点!"高夫曼用科妮利亚粗哑的嗓音嘶吼，"如果你不动手，那留着你也没什么用了。"高夫曼对着脖子做了个割喉的手势。

"不!"这个字突然从威廉的口中蹦出。竟然能开口说话了，他自己和其他人一样惊讶。钝化的作用慢慢消退，他可以转头了。

"你刚才说什么?"高夫曼问。他的左眼跳向一边，就和曾经的科妮利亚一样。他一步向前，举起机械手，对准威廉。

"我不会毁灭它的，"威廉斩钉截铁地说，"死也不会!"

"我有个更好的主意，"高夫曼说着命令他的一个司机机器人，"带他过来。"

司机机器人拿出一个小对讲机，对着对讲机咕哝了些什么。

不一会儿，大厅的一扇门打开，两个护卫机器人架着摇摇晃晃的本杰明，驶了进来。

第二十三章

"不要听他的，"本杰明一看到威廉就大喊道，"不要听！不管他威胁什么都不要听！"

护卫机器人带着本杰明来到高夫曼身边。

"威廉，"他说，"现在想看一下我是怎么处置叛徒的吗?"

他对一个护卫机器人点了点头，那机器人就举起了手。它手里端着一根长管子一样的东西，管子的一侧有几个发着光的控制杆和按钮。护卫机器人用那管子瞄准本杰明，按下几个按钮。

本杰明开始飘浮起来。那肯定是某种反重力装置。他一直往上飘，直到靠近天花板，悬在离地约十米的高空。这时候威廉才注意到天花板上混凝土巨大的裂缝，连续不断的爆炸就快将整幢大楼摧毁了。

"不要受他的威胁，"本杰明大喊，"我们需要金字塔密码!"

高夫曼一把夺过离他最近的护卫机器人手中的钝化枪，对准本杰明。

"闭嘴!"他命令道。

"威廉……"本杰明还没来得及说完，一束蓝色的光线从钝化枪里射出，击中了他的肩膀。本杰明在空中翻倒，但是仍然悬挂在半空。

"你看，"高夫曼转身面对威廉说，"本杰明总是话很多。当然，你也是。"

高夫曼举起钝化枪，对着威廉。

"之前给你机会的时候你就应该离开研究所，你留在这里还真没有什么用。"

威廉僵住了。高夫曼真的要钝化他吗？他闭上双眼，身体紧绷，等待今天的第二次钝化。

研究所不知哪里传来了碎裂的声音。威廉睁开双眼，看到一群护卫机器人跳向一边，一大块混凝土从天花板上掉下来，轰的一声砸到了地上。

高夫曼的钝化枪依然指着威廉，他抬头看了看天花板，嘟囔道："发生了什么事？"

楼上传来咔嗒咔嗒的响声，数百个轮子的吱吱声，还有金属脚跑动的声音。

护卫机器人排成一排，手中的钝化枪都瞄准了大厅中央的自动扶梯。

响声突然消失了，大厅里面一片寂静。威廉看向高夫曼，发现他和其他护卫机器人一样静静地站着，盯着自动扶梯的顶端。有一瞬间，他好像已经忘了威廉和金字塔的存在。他在机械手上按下了几个按钮，机械手开始哔哔响起来。威廉知道这意味着什么：高夫曼准备开始使用机械手了。

威廉注意到自动扶梯的顶端有什么东西在移动，接着一个身影映入眼帘。

是吵架机器人！

忽然，威廉明白了局势，退役的机器人们已经在阁楼上战胜了护卫机器人。

革命还在进行。

高夫曼丝毫没有撤退的意思，他的身边围绕着几百个护卫机器人，然而局势十分明朗。

"我给你一次机会，不伤害你，你从哪里来的回到哪儿去！"高夫曼大喊着，用反重力调节器对准它们。

"你满嘴喷粪！"吵架机器人喊道。

"你死定了！"高夫曼举起手中的装置射出一道蓝光，却打中了吵架机器人头顶上的横梁。

"开战！"吵架机器人大喊着冲下扶梯。

"打倒高夫曼！"一声声呼喊汇聚成了海洋，威廉看到海浪一般的机器人叮叮当当地冲下扶梯。成百上千的机器人像愤怒的蚂蚁一般蜂拥而下。

大厅里的护卫机器人纷纷开始射击。废铁机器人跌跌撞撞地冲下楼，冲进护卫机器人中，把它们淹没在金属的巨浪中。无论护卫机器人击倒了多少废铁机器人，都会有更多的出现。它们虽身体残破，却无穷无尽。

威廉低头看着自己手中的金字塔。

他又扭头看了看身后的门。逃跑的时机到了！

"抓住他！"一片混乱中，高夫曼不知在哪儿喊道。

威廉发现高夫曼就在不远处，他的机械手正瞄准威廉。

"抓住那个小杂种！"高夫曼喊道。

立刻有几个护卫机器人向他走来。

威廉紧紧抓住手中的金字塔，向门口跑去。

在他身后，高夫曼用粗哑的嗓音大喊："拦住他！不能让他拿走金字塔！"

威廉眼看就要被抓住了，就在这时，一个人影扑向一个护卫机器人，用钝化枪的枪柄狠狠地打中了另一个护卫机器人的头。那个人转过身，原来是伊斯亚。

"没用了，"她大喊着举起钝化枪，"但是当棍子用还挺好使的。走吧，我们快点离开这儿！"

她说着奔向门口，示意威廉跟上。

威廉和伊斯亚冲进研究所后面的花园，在黑暗中继续奔跑。机器人战斗的声音逐渐远去，接着在他们身后慢慢消失了。

第二十四章

威廉和伊斯亚穿过研究所后的密林，翻过公园尽头的围墙，一路上既没有看到一个护卫机器人，也没有听到一个护卫机器人的声音。可能它们全在研究所的主楼里，毕竟那里是今天行动的所在地，而威廉和伊斯亚现在只想逃得越远越好。

他们翻过围墙，双脚落地的一瞬间，威廉终于松了口气。

"这边！"伊斯亚低声说，继续在幽暗的树林中穿行。

威廉紧随其后，他一边跑，一边朝身后望去，但是只能看到月光下的树木像一副副高大的骨架似的立在那里。他们真的已经逃脱了吗？

伊斯亚停下脚步，环顾四周，她满脸是汗，大口喘着气，问："你听到了吗？"

"什么？"威廉气喘吁吁。

"像引擎的声音。"伊斯亚抬头看向夜空。

"如果是从上面来的，"威廉说，"那可能是无人机，我们得找个地方躲起来。"

威廉手心里都是汗，快要抓不住光滑的金属金字塔了。他把金字塔塞在毛衣下，希望它不会突然冒起火花来。

他们警惕地查看四周，想要发现树丛中有什么异样，但是现在四下一片寂静。

"快看，"伊斯亚指着前面说，"像是一个可以藏身的地方。我们走！"

"是一座地堡。"他们走近时，威廉小声说。

他们面前是一座部分坍塌的混凝土地堡，藏在一棵腐烂的树后。屋顶很早以前就已经塌落，现在只剩下墙壁。

"我们可以先在这里藏身，等确定没有人跟着我们再走。"他们一起穿过低矮的门。

房间很小，地上都是碎玻璃和垃圾。

"这边是干燥的。"伊斯亚在他身后说。

她坐在一大块水泥上，这块水泥从前应该是房顶上的。

威廉在她身边坐下。

他们静静地坐了一会儿，树木在微风中沙沙作响。威廉仰望夜空，星罗棋布。他回想起挪威的那块麦田，还有被高夫曼的无人机抓到的事情。

他听到远处一辆汽车的嗡鸣，陷入了沉思。

"刚才大楼里发生了什么事？"伊斯亚问。

威廉看着伊斯亚，小声说："科妮利亚，她回来了。"

他的声音在颤抖，就好像现在他还能闻到那如影随形的煳臭味。

伊斯亚顿时脸色煞白："科妮利亚·斯特朗勒？"

威廉只是默默点了点头。

"怎么可能？"

"她是从机械手中回来的，"威廉说，"现在她在高夫曼的脑袋里。"

伊斯亚沉默了一会儿。威廉知道现在她的大脑在飞速运转。

"所以这是她在喜马拉雅山脉分解自己的原因？"她终于说道。

"你的意思是，她分解了自己，不知用什么方法把自己藏在了机械手中？"威廉说。

"然后高夫曼把那只机械手带回了研究所，"伊斯亚补充道，"或许他试戴了机械手，然后就变成了这样。"

"他怎么能这么愚蠢呢？"威廉摇头道，"他明知道那机械手有多危险。"

"之前她煽动了弗雷迪，也许这次也用了同样的方法。"伊斯亚说，"她的意识能钻到人的脑子里，蛊惑人。还记得吗？"

威廉默默地点了点头。他怎么可能忘记，弗雷迪跟着亚伯拉罕·塔利穿过了隐码传送门。当时就像有人控制了他的身体，逼着他走进传送门。除了科妮利亚，没有旁人。

"她下定决心要毁了它。"威廉掏出金字塔。他坐在那里，默默地看着古老金字塔表面奇怪的符号。

"我得解开它，"他目不转睛地盯着金字塔说，"只有这么做，才能阻止这一切。我现在就要解开它！"

"你疯了吗？"伊斯亚脱口而出，"你也看到了密码克星的结局！它熔化了！如果解不开，你也会死的。"

"你觉得我做不到吗？"威廉看着伊斯亚的眼睛。

"我不知道，"伊斯亚说，"也许这就是全世界最难的密码呢？也许它根本就是无解的呢？或者有没有可能这是一个陷阱？如果这正是他们想要的，让你来破解，然后用它杀了你，又该怎么办？"

威廉又看了看手中的金字塔，脑海中闪过金字塔摧毁密码克星的画面，恐惧蔓延至全身。

"我们继续走吧！"伊斯亚起身。

但是威廉没有，他没法让自己的目光从金字塔上移开。难道因为恐惧就要放弃了吗？

"我没有办法！"他小声道。

"什么意思，什么叫没有办法？"伊斯亚惊恐地看着他。

"我要解开金字塔密码。只要我拿着它，科妮利亚就会对我们穷追不舍。"

"不行！"伊斯亚惊呼，"你会死的！我们肯定还有别的办法。我们可以把它留在这里，自己走！"

月光下，威廉看到伊斯亚的眼中满是泪水。

"伊斯亚，"他轻轻地说，"我必须这么做。"

她站在那里仿佛石化了一般，只是盯着他。然后，她又坐了回来。

"你最好解开它！"她轻声说。

"如果出了什么问题，"威廉说，"答应我，你一定要离开这儿。"

她点了一下头。

"你保证！"威廉催促道。

"我保证！"她说。

威廉很高兴有她在身边，伊斯亚是真正的挚友。他将注意力完全集中在金字塔上，闭上了眼睛。

身体里立刻开始了震动，说明这是个非常强大的密码。

威廉犹豫了，他把一只手拿开，另一只手拿着金字塔放在自己的大腿上。震动不再沿着他的脊柱上升了，只停留在脊柱中间。

现在停手还不晚，他可以把金字塔丢在这里，就像伊斯亚建议的那样。有人可能会发现它，那就是其他人的问题了。

但是星智特工把金字塔交到了他的手上，这就应该是他的问题，应该由他来解决。最重要的是，为了所有人的安危，威廉不能再让高夫曼拿到金字塔。

威廉又用双手拿起金字塔。震动跃上脊柱，进入他的双臂、双手，最后是手指。

他睁开眼睛。金字塔在发光，奇怪的符号在他面前的空中旋转，散发着金色的光芒，如同脉搏一般跳动，但这一切都只有威廉能看到，这是他体内的骇金回应密码的方式。

威廉专注于飘浮的符号，它们渐渐开始形成复杂的图式，飞速移动。他也要跟上这个速度才行……他用看到的图形来判断怎样扭转金字塔的每一个部分。他解开了第一个部分，听到了轻微的咔嗒声，接着各个部分都次第来到了它们应有的位置。金字塔毁灭密码克星的画面在他眼前一闪而过，威廉想停下来，但是知道这已经不可能了，骇金已经控制了局面，他的手指已经不听他的使唤。现在他只希望不要失败。

奇怪的符号发着光在他身边盘旋，威廉还在继续破解，这次破解的时间比以往任何一次都长。

突然间，震动停止了，所有的符号也都消失了。

威廉坐在黑暗中，手中握着金属金字塔。解开了吗？

"密码解开了吗？"伊斯亚在黑暗中问。

"我不知道。"威廉还在注视着金字塔。

密码解开了吗？

他不确定，但是他还活着。

"我听到了一些声音，有人在这片林子里。"伊斯亚轻声说，"我们得离开这儿了。"

突然，金字塔中的方块开始震动。威廉撒手，它掉到了地上，开始发出刺耳的声音。

"发生了什么事？"伊斯亚问。

"我不知道。"难道失败了吗？

"威廉，"伊斯亚耳语，"我们得走了。有人过来了！"

忽然，金字塔飘浮起来，正停在威廉的面前。威廉想跑，但是双腿不听使唤。他看到盘旋的金字塔中射出一道光，像一座灯塔照亮夜空。

"威廉！"伊斯亚拉着他的胳膊大喊。

金字塔掉头射出门外。

威廉和伊斯亚跟着它，跌跌撞撞地冲出门去。

第二十五章

"在那儿!"威廉指着幽暗森林中的光,"我们得跟着它。"

威廉和伊斯亚追赶着飘浮的金字塔。

"有人追上来了,"伊斯亚正说着,一道蓝色的钝化光线击中了他们身边的树,"是护卫机器人!"

威廉转身看到两个机器人的身影正在逼近。

"快走!"威廉说着,赶忙继续追赶飘浮的金字塔。

威廉跑到了林中一条马路上,突然两束炫目的强光直射过来,逼着他停下脚步。

"小心!"伊斯亚在他的身后喊道。

威廉立刻扑倒向路边,就在这时一辆大卡车从他身边呼啸而过。卡车一路倾斜着,似乎即将失控。它刚才变换了车道,显然是要避免撞上路上的什么东西。威廉和伊斯亚站在原地,看着卡车红色的尾灯渐渐消失在黑暗中。

"那里!"伊斯亚指着说,"是金字塔。"

果然在那里。金字塔盘旋在路中央,它的光把那块地方都照亮了。

"你不能把它关掉吗?"伊斯亚问,"这样它们很快就会发现我们的。"

"我不知道该怎么关掉它。"威廉说着靠近金字塔。他停下脚步,目光跟随着光束进入天空。"它就像一座灯塔。"他轻声说。

"是的,把护卫机器人引向我们!"伊斯亚脱下外套,罩住金字塔。

"好了!"她松了口气。

他们看着伊斯亚的外套飘浮在半空中,金字塔耀眼的光透过衣服依然明亮。

"这一定是一条主干道,"伊斯亚说,"也许我们能搭到车。"

"搭便车?"威廉盯着她,"现在没有人搭便车了……"

"除了这样,我们还有什么办法可以离开这儿?"

"这就是我们要做的事情吗?"威廉看着伊斯亚,"离开这儿?本杰明怎么办,这个东西怎么办?"他指着盘旋的金字塔说道。

伊斯亚没有回答,她的眼中满是沮丧。

突然她一惊,看着四周:"你听到了吗?"伊斯亚盯着前方的暗夜。

"什么?"威廉只能听到林中树木沙沙响。

"嗡鸣声?"

现在威廉也听到了,和他们藏在地堡时听到的声音一样,只是现在那个声音更近了。

他看到一束强光出现在幽暗的树梢后,看来正是冲着他们来的。

"那是一架无人机吗?"威廉轻声说,"我们得离开这儿。"

"不是无人机,"伊斯亚说,"是飞机。"

威廉望着天空,她说得对,那是一架老旧的推进式飞机,机身是红色的。

他们看着飞机向下靠近他们所在的地方。

"它好像要降落了。"威廉说。

"快走!"他们躲进路边一大丛灌木中,听着螺旋桨的声音不断靠近。

接着飞机起落架轮撞上柏油马路,发出一阵刺耳的尖叫。

飞机引擎噼里啪啦的,然后砰的一声巨响。

"好吧,看来不是研究所的人,"威廉说,"他们可没有这么老的飞机。"

飞机正好停在威廉和伊斯亚藏身的灌木丛旁。

引擎又咳嗽了好几声,才彻底安静下来。

"喂，你们打算整晚都躲在那里吗?"一个声音突然问道，"我们真的得走了!"

威廉和伊斯亚不敢发出一点声音。

"我现在要去伦敦，"那个人继续说道，"我这里还有座位……"

威廉和伊斯亚面面相觑，但还是没有敢动。

"好吧，好吧……"那个声音说道，"随便你吧。总之，我邀请你了，但是你拒绝了我。"

这个嗓音感觉有点熟悉，威廉以前听到过这个人的声音。

他没有再多想，从灌木丛中探出头来。

这是一架"二战"时期的老式喷火式飞机，就像一条鲨鱼长了翅膀。

这个人戴着一顶皮帽子，罩着御寒耳罩坐在驾驶舱里，他把圆圆的飞行员夜视镜推到了头上。

威廉立刻认出了他。

他就是那个在挪威家门口给威廉金字塔的人，是那个邮递员——或者说是本杰明曾经说过的星智特工，但是现在他看上去就是一个"二战"飞行员的样子。

"我看到你终于解开了它，"飞行员示意着飘浮着的金字塔说，"能不能麻烦你把它拿给我，我本该自己去拿，但是一路坐在这里面，我的腿麻了。"

威廉犹豫了。

"照他说的做，"伊斯亚戳了戳威廉的背，"拿给他。"

"怎么拿？"威廉问。

"推一下就可以了，"飞行员说，"就像推汽车一样。"

威廉小心翼翼地走到飘浮的金字塔前。他站在金字塔的边上，用食指戳了它一下，它轻轻晃了晃。

"快点，"飞行员不耐烦地说道，"我们没有时间了！"

威廉把双手放在金字塔上，用力一推，金字塔顺从地飘向了飞机，轻轻地撞上了机身的侧面。飞行员伸出手，拉掉了盖在上面的伊斯亚的外套。

"这是谁的外套？"他问。

"我的！"伊斯亚说着从灌木丛中走了出来。

"抓着！"飞行员说着把外套扔给她。

飞行员抓起金字塔放在自己的大腿上，扭了它几下，光就消失了。

"快进来！"他朝威廉和伊斯亚招手说，"我们没时间了！"

威廉和伊斯亚看了看彼此：会不会有危险？

这时他们听到护卫机器人正在穿过树林，于是威廉和伊斯亚不再多想，径直奔向飞机。

"快登机!"星智特工说。

威廉和伊斯亚爬上机翼,摔倒在飞行员驾驶座后面的座位上。两个新型护卫机器人出现在视野里,它们举起钝化枪,准备射击。

"抓紧了,表演开始咯!"星智特工按下了控制板上的一个按钮,强劲的马达开始启动,螺旋桨开始旋转。飞机在马路上疾驰,狂风把威廉和伊斯亚紧紧地压在椅背上,飞机攒足了动能,一跃而起。

威廉感到自己的胃里一阵翻腾,他的头发在风里飘荡,手指在寒风中慢慢失去了知觉。

很快他们就到了树梢之上,护卫机器人已经在远远的下方了。

威廉仔细观察星智特工。他脸上的皮肤非常苍白,几乎是纯白,仿佛是一小块一小块拼起来的,就像乐高那样。他穿着整洁的老式西装,西装外穿着一件外套,外套上满是鼓鼓囊囊的大口袋。没错,那些口袋里塞满了各种各样的东西。威廉觉得自己甚至看到了一个小小的黑色伦敦出租车戳了出来。

"您怎么知道我们在灌木丛后面?"威廉问。

"因为你解开了星智仪。"星智特工说。

"所以您看到了那束光?"伊斯亚说。

"是的，我一直在这儿附近，等待这个时刻。"

威廉和伊斯亚面面相觑，这个人可真奇怪。

"您要去伦敦什么地方？"威廉问。

"我要去你要去的地方。"星智特工回答。

"所以到底是哪里？"威廉追问。

"第一站是大本钟。好戏就要开场啦！"

第二十六章

老旧的飞机在清澈的夜空里突突飞行。威廉看不到底下的地面，完全被云层遮住了，他只能相信他们真的是在往伦敦飞去。

他不愿去想他们现在位于多高的高空，尤其是这老家伙的引擎听上去下一秒就会歇菜的样子。时不时它还会回火，砰的一声！接着就一点声响都没有——过一会儿又活过来似的突突响。

威廉把外套裹得更紧一些，在座位里缩成一团，希望能少吹一点风。

伊斯亚看上去也冷极了，她冻得面无血色，在这么高的海拔，她那薄薄的外套根本挡不住这么冷的风。

星智特工安静地坐在驾驶座里，半个小时都没有回过身看他们一次。

威廉小心地靠近伊斯亚，在她耳边说："你觉得我们能相信他吗？"

伊斯亚耸了耸肩，答道："不知道，我冷死了，现在没办法思考！"

"我敢肯定你们俩心里有一大堆问题想问。"飞行员对他们说。突然间，他松开了控制杆，转身蹲在座位上看着他们。

"您不应该开飞机吗？"威廉指着控制板大喊。

"放心！"飞行员骄傲地笑着说，"这飞机虽然老旧，但它是有自动驾驶功能的。五六十年前，我自己亲手安装的。我就喜欢修修补补的，能让我放松。"

飞行员一会儿看看威廉，一会儿看看伊斯亚，好像突然间意识到了什么。

"你们很冷！"他关切地惊呼。

"没关系，"伊斯亚牙齿打战，"我们没事。"

"胡说，"飞行员说着按下了控制板上的一个按钮，"我在这架飞机上安装的可不止自动驾驶装置！"

飞机前方的一块面板打开，伸出一面折叠玻璃顶，罩住了他们。冷风被阻隔的那一瞬间，威廉感觉到自己的意识更加清楚了，他也能够感受到身边的伊斯亚开始放松下来。

飞行员坐在那里看着他们。时不时地，飞机经过小的气流，就会一阵颠簸。

"您真的是星智特工吗？"伊斯亚问。

"喔，对不起！"飞行员说，"我太兴奋了，竟然忘记了自我介绍。今天可是一个大日子，因为从来没有人解开过金字塔密码，这种时候我难免有些健忘。"

他伸出手，握了握伊斯亚的手，又握了握威廉的手。他的手既不凉，也不热，就是刚刚好的温度。对了，他手上的皮肤也像拼图一样。

"我叫菲利普，"他说，"但是我更喜欢你们叫我菲尔。是的，我就是大家口中的星智特工，但是我不常用这个称号，太正式了，听着好像我是个税务官、外交大臣似的。"

"但是，您都做些什么呢？"威廉问。

"问得好，"菲尔笑着说，"我实在太老了，老得几乎忘记了我自己。我的主要工作就是把星智仪交到能解开它的人手上。"

"那么这个星智仪，"伊斯亚问，"它是个武器吗？"

"没错，差不多就是这样！"菲尔苍白的脸上突然绽放出大大的笑容，"非常强大的武器，非常、非常地强大。"

"所以现在，"伊斯亚继续问，"您要把这个武器交给威廉？"

菲尔深情地看着威廉。

"你不会相信我等待你出现已经等了多久，"他声音颤抖地说，"我就知道你可以解开第一层密码。"

"第一层密码？"威廉惊讶道，"这是什么意思？"

"这个我稍后再详细解释，首先我们要去朗蒂尼亚姆。"

"朗蒂尼亚姆?"伊斯亚重复道，"您是指伦敦吗?"

"对不起，"菲尔尴尬地摇了摇头，"当然，我指的是伦敦，一直都没有习惯它的新名字，古代时罗马人称之为朗蒂尼亚姆。"

"我们到达伦敦之后要做些什么呢?"威廉问。

菲尔凝视着他们，轻声说："我等待这一刻太久了，抱歉我可能表现得有些不知所措，这对我来说实在是太重要了。其实，我都已经放弃了希望。"

威廉注视着菲尔。

"好吧……"菲尔仰望天空，好像在认真思考要告诉他们什么，"刚才你问了什么问题来着?"

"我们为什么要去伦敦?"威廉重复道。

"朗蒂尼亚姆是我们去往星智仪所在之地的第一站，"菲尔说，"我得在那儿处理点事情。"菲尔轻轻地挥了一下手，好像那些都是不重要的细节，"你们可以把朗蒂尼亚姆看作我们到终点站之前的一个停靠点。"

"停靠点? 我们要去的地方很远吗? 说起来，这个武器到底在哪里?"

"马里亚纳海沟，"菲尔轻描淡写地说道，好像就在街角的什么地方似的，"如果你想藏个什么东西，马里亚纳海沟是最安全的地方了。"

威廉和伊斯亚面面相觑。马里亚纳海沟在世界的另一端，它是地球上最深的地方，也正是因为它极致的深度，才成了最难到达的地方。它是最安全的地方，但出于同样的原因，也许也是最危险的地方。

"飞机在下降吗？"伊斯亚看着四周问。小飞机碰到了一层厚厚的灰云，晃动着。

威廉瞄着窗外，紧紧抓住自己的座位。

"糟了！"菲尔转过身，双手握住控制杆，"刚想起来，我是在另一架飞机上装了自动飞行装置，这架飞机不会自动驾驶。看来我是真的老了。"

菲尔将控制杆用力朝自己的方向拉，飞机前端翘起，又开始爬升。

威廉陷入了沉默，他在想菲尔刚才说的话，他们真的要去马里亚纳海沟吗？

第二十七章

"威廉!"

威廉睁开双眼,看了看四周。

伊斯亚在轻轻推着他。

"看!"她指着下方的地面说,"我们快到了。"

威廉贴着机窗,看到地面上绚丽的霓虹闪烁着七彩的光芒,星星点点的灯光汇聚成了海洋。

"好美啊!"伊斯亚愉快地赞叹。

威廉点了点头。"我们应该在那片着陆带着陆。"他指着地面说,但是飞机径直飞了过去。

"我们不降落吗?"威廉戳了戳菲尔的肩膀,但是菲尔没有反应。

"菲尔?"威廉又唤道,"菲利普?"他又敲了敲菲尔的肩膀,这次用力了一些,"星智特工?"

没有反应。

伊斯亚靠上前去看了看菲尔。

"他的眼睛闭着呢!"

"闭着?"威廉说,"他闭着眼应该开不了飞机吧?"

"菲尔?"伊斯亚摇晃他,拍打着他的脸大喊,"菲尔?"

"怎么了?"菲尔大喊着瞪大了眼睛,"快跑!恐龙来了!"他瞪着伊斯亚,好像不认识她一样。过了会儿,他开怀地笑了。

"你们都还好吗?有时候会想打个小盹儿,这是我从黑暗时代(欧洲史上约为公元476—1000年)开始养成的习惯。你们知道,其实我是不需要睡觉的,但是现在已经养成习惯了。"

"我们要坠机了!"伊斯亚惊叫。

"显而易见。"菲尔看着下面的灯光,双手抓着控制杆,拉起了飞机。

"在这儿着陆简直完美!"他指着前方一大块深色的地块说道。

"海德公园。"菲尔喃喃自语,把控制杆往前推。

飞机头指向地面,整个机身开始剧烈地摇晃,晃得威廉担心整个飞机都会解体。

他们擦过了几棵树的树梢,树枝拍打着机翼,感觉飞机已经完全失控了。

飞机的轮子撞到地面,砰的一声,慢慢地,飞机停了下来,飞机头深深地埋在一大丛灌木中。菲尔按下了控制板上的一个按钮，玻璃顶又缩回到机头的面板里。

"欢迎来到朗蒂尼亚姆！"菲尔跳下飞机。

威廉和伊斯亚也下了飞机，看着四周。现在是深夜，周围一个人影也没有。

"我们得出去了，"菲尔说，"他们不喜欢别人在公园里降落。"他把手插进一个大口袋里，掏出一个老旧的电视遥控器似的东西。

他拿遥控器对准飞机，按下了一个按钮。

一道强光闪过，伴着一声巨响，飞机不见了。

"飞机去哪儿了？"伊斯亚惊呼。

"那儿！"威廉指着刚才飞机所在地面上的什么东西说。

"哇！"伊斯亚赞叹，"太帅了！"

飞机没有消失，它还在那儿，只是变小了很多，现在不过一个玩具那么大。

菲尔大步走过去，捡起飞机塞在自己外套的一个口袋里，又从另外一个口袋里拿出一辆小小的绿色军用坦克，在路灯下研究起来。

"不行，"他不耐烦地咕哝道，"这个不行。"他把坦克放回口袋，又掏出了一个小小的火车头。

"怎么找不到了？"他说着又把火车头塞回口袋。

他又翻了一个口袋，掏出一辆黑色迷你小汽车。

"找到了！"他满意地说道，把汽车放在草坪上。

他退后了几步，说："最好退后一点，有时候它们突然就炸开了。"

他把遥控器对准汽车，按下了一个按钮。

砰的一声，黑色迷你小汽车突然间就变成了一辆正常大小的伦敦出租车。

"您是怎么做到的？"威廉问。

"分子微缩原理，"菲尔说着把遥控器塞进裤子口袋，"如果说我对什么事情厌烦了的话，应该就是这个了。"他轻快地一跃，踩着舞步来到出租车旁，打开后车门："上来吧。"

出租车在街头呼啸而过，威廉和伊斯亚紧紧地抓着后座。

"你说他那些小玩意儿都是从哪儿来的？"伊斯亚轻声问。

出租车猛地停下，他们都飞出座位。

"对不起！"菲尔隔着出租车驾驶座和乘客之间的树脂玻璃喊道。

他打着方向盘，绕过路上的一些车辆。

"你觉得他有驾驶证吗？"伊斯亚有些担心。

"不像有的样子。"威廉回答。

"但是感觉好酷啊，搭上一位古老的机器人的便车，环游世界，你觉得呢？"伊斯亚脸上绽放出笑容。

威廉没有回答。本杰明曾经说过星智仪的第一层密码很难，而且可能会让尝试破解但是未能成功的人丧命。他刚解开了第一层密码，的确很难，但是没有他想象的那么难。他有种预感，这次试炼还没有结束。

一路心惊肉跳，菲尔终于把车停到了路边。他熄了火，转过身，把树脂玻璃上的一个小窗拉开，看着他们。

"很高兴见到你，伊斯亚，"他微笑着说，"这里有一点钱，你可以在那边乘火车，你想去哪里都可以。"他指着路对面的火车站说。

"啊？"伊斯亚不解。

"火车？"威廉不敢相信自己的耳朵，"您在说什么？"

"我只能带解开金字塔密码的人过去，"菲尔说，"也就是你，威廉。这也意味着伊斯亚不能去，太危险了。"

威廉和伊斯亚看着彼此。

"我的程序就是这样设定的，"菲尔抱歉地说，"如果我没有记错的话。"

"您不能在深夜就这样把我丢在路边！"伊斯亚反

驳道。

"对不起，"菲尔耸了耸肩，"可这就是规则。"

"你觉得这样可以吗？"伊斯亚目光锁定威廉，"我现在就得走？"

威廉摇了摇头，一时竟不知道要说些什么。

"我们要去取回星智仪，"菲尔解释道，"那个地方极度危险，比这里危险多了。"

"危险又怎么样？"伊斯亚不屑地说，"我以为我们是一起的。"

"如果您一定要让她走，"威廉说着打开身边的车门，"我也和她一起走。"

"但是……"菲尔反驳道，"你是唯一解开金字塔密码的人，你必须跟我走。"

"我也可以选择不去！"威廉坚定地说。

菲尔看着他们，好像不太知道要说什么："你知道这是非常危险的吧？"

"知道！"伊斯亚点了点头。

"你也知道你们有可能再也回不来了吧？"

"知道，"她又点了点头，"但是我愿意冒这个险。"

"你知道金字塔只是第一层密码吧？最终的密码更难，更加危险，你们都知道吗？"

"这个您之前没有具体说过，不过我想我们自己已经猜到了。"威廉有些不满地说。

"是吗？"菲尔的脸上浮现出不安的神情，"可能有几件事情我忘记告诉你们了。这几百年来我的记性越发差了……那我们出发吧！"

他扭了下点火开关上的钥匙，转动方向盘，疾驰而去。

第二十八章

菲尔把车停在一条漆黑的街道边。

"我们到了，走吧！"

威廉向窗外看去，他只能勉强认出威斯敏斯特大教堂的轮廓，还有在暗夜里高耸的大本钟钟楼。

菲尔对着车外不知什么点了点头。"当然，我们都要小心。"

威廉注意到不远处的路边停着一辆警车。

他们都下了车，关上车门。

"这里！"菲尔轻声道。他退到他们身后一个漆黑的院子里。

威廉和伊斯亚也跟着退到院子里。在那儿，他们机警地向外张望。警车的一扇门打开了，一个警察进入他们的视野。他打着哈欠，伸了个懒腰。

"只有一个警察。"威廉说。

那警察绕着警车走了几圈，接着走到桥边，俯身向前，胳膊靠着栏杆。他站在那里背对着他们，远眺泰晤士河。

"他好像很无聊。"伊斯亚说。

"我们得悄无声息地过去。"菲尔指着街对面巨大的钟楼说，"走！"

三个人冲过宽阔的街道。半夜路上没有什么车。威廉和伊斯亚跟着菲尔来到墙边，翻过围栏，悄悄地来到大本钟塔楼的后墙边。

"现在该怎么办？"伊斯亚问。

"稍等。"菲尔开始在口袋里翻找，"找到了！"他说着掏出一个小小的金属门一样的东西。正当他准备把小门放进墙面一块方形的凹槽中时，他们听到了寂静的深夜中传来一阵刺耳的刹车声。

威廉转身看到一辆黑色的汽车停在外面的大街上。他认出了这车是研究所的，这种车可以开得飞快。

驾驶座一侧的车门打开，一个高挑的身影走了出来，是高夫曼！他在黑暗的街道上观察四周，接着目光落在了巨大的钟楼上。科妮利亚的机械手在街灯下幽幽地闪着光。即便隔着这么远的距离，威廉都能看出来高夫曼处于完全疯狂的状态：他的一只眼睛胡乱地转动着，就和科妮利亚·斯特朗勒过去一模一样。

威廉感觉到身边的伊斯亚僵住了。

"威廉，"伊斯亚小声说，"看！"她指着街边。

威廉的目光顺着她的手指看去，看到警察正在走近高夫曼。

"这儿不能停车！"那警察指着高夫曼的车嚷道。

高夫曼举起了机械手。一道粗重的光线射出，一时间整个街道都沐浴在蓝光中，那光击中了警察的胸口，他瘫倒在地。

高夫曼大步横穿街道。一辆车正好开过来，忙不迭地刹车避让。

还有几秒钟高夫曼就能看到他们了。

"没时间了！"菲尔说着把小金属门放在了石墙的方形凹槽中。

小小的金属门开始发出咔嗒咔嗒的响声。

越来越快。

它开始变大，每一声咔嗒响，门都会变大一倍，最后变成了一扇正常门的大小。

菲尔抓着门把手把门拉开。

"进去！"他示意威廉和伊斯亚。

菲尔跟着他们冲进门，立刻把门在身后关上。

最后一瞬间，威廉看到高夫曼举着机械手朝他们冲了过来。

门上又传来咔嗒咔嗒的声音，它开始变得越来越小，直到变回最初的小金属门的样子，从墙上掉了下来。

菲尔把门捡起来，塞回一个大口袋里。

墙的另一侧传来遥远的砰砰声。高夫曼想进来，但是已经没有门可以让他进来了。

"您觉得他能进来吗?"伊斯亚轻声问。

"无论如何，他都要花上一点工夫了，"菲尔说，"我们得走了。"

第二十九章

"你能把那个推到旁边去吗?"菲尔指着威廉身后的墙说道,那里有一块方形的石头从墙面突出来。

威廉推了一下,伴随着一阵轻轻的摩擦声,那石头消失在墙面中。

突然,地面开始猛烈地晃动起来,威廉扶着墙才勉强站稳没有摔倒。地面在他们脚下发出隆隆的声音。

随后地面开始下沉。石头地面擦着墙壁不断下降,威廉和伊斯亚退到地块的中心,扶着彼此。

"这是一架电梯,"威廉说,"一架藏在大本钟内的秘密电梯。"虽然他很害怕,但是又觉得这酷毙了:世界上最出名的地标性建筑大本钟里竟然藏着一架秘密电梯。

"不错吧?"菲尔笑着说,"我自己做的。"

威廉仰头看着上面,他们已经下降相当一段距离了。

地面猛的一顿,电梯停了下来,回声隆隆。威廉站在那儿等待着,但是什么都没有发生。

"你能按一下那个吗?"菲尔指着伊斯亚身边墙壁上突出的一个锈蚀铁块说。

伊斯亚举手按了下去，瞬间就听到了前方石墙里低沉的隆隆声。墙面缓缓地移到了一边，前方是无边的黑暗和扑面而来的臭味，这里的空气像有几百年都没有流动过了。

菲尔立刻走进了黑暗之中，周围的一切都静得让人害怕。

过了一会儿，不知哪里传来一声轻微的咔嗒声，天花板上一个灰蒙蒙的电灯泡亮了起来。灯光很暗，他们只能勉强看清周围的东西。此时，他们身处一条长长的隧道里。

菲尔开始在口袋里翻找。

"刚刚还在这儿的啊，我记得把它放在这里的。"他抱怨道。

他从一个口袋里掏出个火柴盒大小的红色电话亭，又恼火地塞了回去，一边继续翻找，一边喃喃自语。

终于，他找到了想找的东西，满意地笑道："在这儿！"他俯身把找到的东西摆在地上，朝后退了几步。

"你们捂着眼睛。"菲尔说。

威廉和伊斯亚捂着眼睛等待。威廉刚把手放到眼前，就听到砰的一声响，然后是一串咔嗒声，接着又安静了。

"好了，"菲尔说，"走吧！"

威廉睁开眼睛，看到他们面前是一辆高尔夫球车。菲尔走过去，一只手滑过球车的顶棚。

"这样可以快一点,"他示意威廉和伊斯亚,"进来。"
他优雅地鞠了个躬,随后跳上驾驶座。

威廉和伊斯亚在后排坐了下来。

"抓紧咯!"菲尔说着一脚踩上油门,"我真的得开得
快一点了。"

高尔夫球车开始在破碎的路面上疾驰,就在这时,他
们身后刚刚乘坐的电梯里传来爆炸的声音。

"他们把墙炸了吗?"伊斯亚惊呼。

"有可能,"菲尔在爆炸声中喊道,"但他们到这下面来
还要一些时间。抓紧了!"

第三十章

威廉看着前方无尽的黑暗，紧紧地抓着门把手。菲尔像疯了一样把车开得飞快，每一次小车快要撞上墙面时，他都会大笑起来，好像这是一件特别好玩的事儿。

"是谁挖了这些隧道？"威廉喊道。

"和建大本钟的是同一个人，"菲尔说着，还故意停顿了一下，"也就是我。"

"您？"威廉惊呆了。

"是您建造了大本钟？"伊斯亚惊呼。

"是啊。当然啦，也不全是我一个人建的，我做了设计，然后其他人负责建造的。大本钟是个绝佳的隐秘入口，可以进入下面的这些隧道，而隧道又是秘密行动的最好方法了。"

"其他地方还有这样隐秘的入口吗？"伊斯亚问。

"有……很多，"菲尔俏皮地说，"全世界到处都是：法国埃菲尔铁塔……埃及金字塔……中国万里长城……我设计了多数这样的大工程。"

菲尔转动方向盘，高尔夫球车在拐角处转了个弯："糟了，我差点忘了，我得在哪里停一下，拿点什么东西。"

"什么？"威廉问。

"别急啊，我的密码小天才，万事开头难嘛！"菲尔说。

过了一会儿，高尔夫球车猛地停在一面摇摇欲坠的石墙前。

菲尔跳下车，走到一扇大铁门前。他在口袋里东翻西找，掏出一大串钥匙，试了几把后，终于找到了那把开门的钥匙。铁门发出一阵老朽的吱呀声，菲尔拉开了门。

"在这儿等会儿，"他从裤子口袋里拿出一个手电筒，"我马上就回来了。"说着他就消失在了黑暗中。

"我得去看看里面有些什么。"威廉下了车。

他走到门口，好奇地朝里面张望，但是只能看到菲尔的手电筒的光在黑暗中扫来扫去。看来这东西确实不好找。光线照在一个东西上，那似乎是一辆大型军用坦克。

"你看到什么了吗？"伊斯亚问。

"我得凑近看看，"威廉说着走进黑暗，"我想我们曾经来过这儿。"

一阵冰冷的风迎面吹来，这股寒流好像穿透了他的身体，径直沁入了骨髓。现在威廉非常确认他曾经来过这里。他皮肤上的每一个毛孔都在诉说着紧张。

这个房间很大，大到令人难以想象。

几乎可以说是宽广。

他环顾四周，看到门边的墙上有一个灯的开关。他按下开关，听到头顶上有电流的噼啪声，一个接着一个，古老的灯都亮了起来。

很快整个宽广的大厅都沐浴在闪烁的黄色灯光下。

菲尔停下手头的翻找，望着威廉。

"谢谢啦！"他说，"我都忘了这里还有灯。"

威廉的目光扫过宽广的大厅，大厅里四处散落着坦克啊，飞艇啊这些东西，就像一个男孩乱糟糟的卧室，只是所有的东西都放大了一千倍。

上次在这里所发生的事情一幕幕在威廉的眼前闪过：外公找到了冷冻柜，亚伯拉罕·塔利差点杀死他，最后洪水淹没了这里的一切。

菲尔继续穿过一排排的军用坦克和战舰。"我下次得再来一趟，稍微打扫一下。"他说着开始把口袋里所有的东西拿出来。他把这些东西摆在面前的空地上，很快地上就是一排迷你小汽车、小飞机和小船。

"真是难以想象，稍微有一阵子不清理口袋，口袋里就有了这么多东西。"

"所以这就是我们来这儿的原因吗？"威廉问，"就是为了清理口袋?"

"是啊,"菲尔用遥控器对着地上的所有东西,"你知道所有这些东西都塞在口袋里走路的时候有多重吗?"他按下了遥控器上的一个按钮,汽车、飞机、小船,一个个都变成了它们正常的大小。

"但是我们也要拿点东西走。"菲尔张望着四周说道。

"拿什么?"威廉问。

"那个,在那儿。"菲尔指着一艘巨大的潜水艇,"这么多年在这里无人照料,希望它还能用,当初制造它就是为了潜入极端深度的。"

威廉看着菲尔走到潜水艇旁边,把它缩小,塞进了上衣口袋里。

"好了,我们该走了,"菲尔说,"艾玛还在等着呢!"

"艾玛是谁?"威廉问。

"现在没必要解释这个,"菲尔说,"等会儿你自己看到她就知道了。"

第三十一章

高尔夫球车尖叫着拐过转角，继续在长长的廊道上疾驰。

"这下面有许多大型水库，"菲尔说，"大部分都是十八世纪所建，储藏着大量水资源。"

"是吗?"威廉紧张地看着伊斯亚。

"我们要去一个特别的水库，"菲尔说，"艾玛就等在那里，她会带我们去我们该去的地方。"

几分钟急速狂飙之后，高尔夫球车停在又一扇高大的锈蚀铁门前。门中央有一块旧铜牌，上面写着：水深危险。

菲尔跳下高尔夫球车，威廉和伊斯亚跟着他来到门前。威廉迅速扭头看了一眼身后，没看到人跟着他们，至少现在还没有。

菲尔抓着门上巨大的船舵一样的把手，把它朝自己拉过来，古老的锈蚀的金属发出嘎吱嘎吱的响声。

"这个水库里储藏的是自然水资源，所以不会干涸。没人知道它到底有多深，所以正适合艾玛。走吧!"

菲尔跨进大门，招呼威廉和伊斯亚跟上，随后又关上了门。

威廉打量着四周，他们站在一个类似码头的地方，码头向下延伸到黑水里，巨大的柱子从天花板直插进水中。

"这是伦敦古老的供水系统的一部分，"菲尔解释道，"已经有超过两百年的历史了，准确来说，从维多利亚时代就存在了。"菲尔看着手表说。

"好啦，历史课到此为止，我们没有时间了。"

他从口袋里掏出一个橡皮鸭大小的潜水钟，把这小小的圆形潜水钟小心翼翼地放入水中。它在水面上轻轻晃动着。

"退后！"菲尔说着按下了手中的遥控器。不一会儿，他们面前的潜水钟就变成了正常大小。

突然，他们身后的铁门上传来爆炸声。

"他这就找到我们了？"菲尔喊道，"烦人！"

门上又是轰的一声。

"他就要进来了！"伊斯亚大喊。

"稍等，"菲尔说着开始在口袋里翻找，他掏出一辆小小的红色双层伦敦巴士，"好在我没有把所有东西都留在仓库里。"

他跑到铁门边，把伦敦巴士放在门口，退后几步，拿出遥控器对准巴士，按下了按钮。

小巴士开始摇晃，以惊人的速度变大。威廉和伊斯亚向后一直退到了水边。

现在他们面前是一辆正常大小的伦敦巴士。

"这应该能多挡他一会儿。"菲尔说着赶紧来到潜水钟边。他纵身一跃跳到潜水钟顶部，屈身抓着圆形的轮盘锁，转动轮盘，打开了潜水钟顶部的入口。

"快进来！"他大喊。

威廉和伊斯亚忙爬上潜水钟，钻进圆形的入口。威廉转身等着菲尔也进来，但是他还站在外面。

"您不来吗？"威廉问。

"我得待在这儿防止他进来，"菲尔回答，"你们自己也可以操作的。我会尽快赶到。"

威廉看到潜水钟内有两个座位和一块控制面板。前方是一大块玻璃窗，可以看到水中的情况。

"可是我们不知道要去哪里！"威廉喊道。

"往下！"菲尔大喊，"所有你需要了解的都在手册上。"他指了指小桌上的一本书，就在威廉刚刚放置的金字塔的旁边。

"那，艾玛……"威廉刚想问，大厅里又响起爆炸声，打断了他。

　　"快走!"菲尔吼道,"现在没时间解释了,你看到艾玛就会认出她的,她会带你们去马里亚纳海沟。"

　　又是一声爆炸,震得潜水钟摇晃不止。菲尔用力关上了他们头顶上的舱门。

第三十二章

威廉和伊斯亚静坐了片刻，听着潜水钟外的喧嚣。

"你觉得高夫曼进来了吗？"伊斯亚满脸担忧地问，"我们不应该就这样把菲尔丢下。"

"我们没有更好的办法。"威廉说。他拿起桌上的操作手册，封面上写着：远距传动潜水钟操作指南。标题下面有一张潜水钟的照片，就和他们所在的这个一样。

"远距传动？"威廉喃喃自语。他翻开第一页，开始看起来。

两分钟后他们已经开始向下。

威廉坐在控制板前，操作着潜水钟不断下潜。略读了操作指南后，威廉得到了几个最重要的信息：向前推操作杆是下潜，往后拉是上浮，真的非常简单。指南上说他们需要下潜至五百米的深度。

威廉看着控制面板上的深度仪，仪表显示他们已经下潜一百多米了。

"艾玛会是谁呢？"伊斯亚凝视着前方的黑暗沉思。

"我预感我们很快就会知道了。"他说着又把操作杆向前推了推。

　　他们在无边的黑暗中继续下沉，周围没有一丝光亮，唯一能够提示他们还在移动的就是深度仪上的数字。很快数字显示他们即将到达四百米的深度了，但是没有看到任何快要到底的迹象。

　　"外面有东西！"伊斯亚指着窗户激动地说道。

　　"我没看见……"威廉还没有说完，就看到有东西在黑色水里闪着光。

　　开始那只是一点点幽暗的光，像一个漂在水中的孤独的灯泡，但是很快那光就变得越来越亮，越来越清晰。等那光靠近时，威廉注意到那不是一个灯泡，而是一串灯泡，像有好几百个，彩虹一般绚烂。这些灯泡好像在他们下方的黑暗中翩翩起舞，越来越近，直到包裹住整个窗弦。

　　"那是什么？"威廉轻声道。

　　这些光随波漂动，好像有催眠的效果。威廉感到自己的身体开始变得麻木，他看了一眼深度仪，上面显示他们已经位于五百多米的深度了。他不知道是因为漂动的灯光，还是因为高压，或者是两者共同的作用，他突然感觉很虚弱，感到头上一阵刺痛，好像马上就要晕倒了。

　　"你也有那种感觉吗？"他目不转睛地盯着灯光说。

　　"刺痛感？"伊斯亚说。威廉听到她的声音就知道伊斯亚也有同样的感觉。

"是的。"

"你觉得有没有可能和那个有关系?"她指着他们面前的控制面板。

威廉逼着自己把目光从催眠的灯光上移开。

控制面板上有个钟表一样的仪器,上面显示着氧气的含量,箭头已经指向了红色的区域。

威廉突然间意识到了他们虚弱的原因。"这里快要没有……氧气了。"他每说一个字,肺都隐隐作痛。

"我们怎么办?"伊斯亚喘息着说。

威廉现在不能放弃,得想办法。他又看向控制面板,注意到上面有个开关,开关上写着:聚光灯。

他伸出手,把食指放到了开关上。每一个动作都很困难,仿佛他被困在了胶水里。他大口喘着气,好像刚刚完成百米冲刺。

他拨动了开关。

他们头顶不知什么地方开始响起嗡鸣声,一束强光射入黑暗。这时候如果肺里还有多一点氧气的话,看到眼前的场景威廉一定会尖叫起来,但实际上,他只是虚弱地叹了一声。

一只巨大的章鱼漂浮在潜水钟外的黑暗中,它的身体有一幢房子那么大，八只触角每一只都有一个足球场那么长。

它的触角和身体都沐浴在灯光里，这时威廉意识到它的身体是金属制成的。

"这是一只巨大的机器章鱼。"威廉喘息着说，他的肺因为缺氧而灼烧。

伊斯亚没有回应。威廉看向氧气表，指针几乎已经完全到达了底部。

"伊斯亚？"威廉呼唤。她还睁着眼睛，但是呼吸已经很困难了。

威廉转身，抓着控制杆向自己的方向拉。

"我要带你回到水面上。"

威廉不愿意牺牲伊斯亚，不管是因为什么，即便是星智仪也不行。

突然有什么东西撞上了他们，一只巨大的触角卷着潜水钟把他们拉了回来。因为这一碰撞，威廉面前的玻璃裂开了，一股细细的水流涌了进来。

威廉绝望地看着潜水钟。外面巨大的触角更加用力地挤压，他听到玻璃就快支撑不住了。

就在这时，他注意到了。

他前倾透过玻璃观察着章鱼，小小的电子灯在他面前闪烁着，但是威廉注意到的不是这个，他注意到触角的头上挂着一个小小的金属牌，上面写着——型号：艾玛2000。

"艾玛？"威廉大声说，"你是艾玛？"

"难道菲尔把我们送到这下面来就是为了请一只机器章鱼杀了我们吗？"伊斯亚突然喘着说道。

威廉吓了一跳。"你还能说话，"他虚弱地笑着，"我得弄清楚艾玛到底想要什么？"

他看着手中的指南，翻到索引页，食指滑过列表，来到他在找的那个词，那个A打头的词。

威廉翻到他想找的那一页，说："听着！"他每说一个字，肺部都无比疼痛，但他必须集中注意力在眼前的文字上。

"使用无线电波和远距传送电子章鱼建立沟通……"

艰难地读完说明，威廉拿起了潜水钟的无线电广播。墙上的扬声器里传来刺啦刺啦的声音，他转动调节旋钮，把无线电调到正确的波段。突然刺耳的杂音消失了，扬声器中传来悦耳的轻音乐。

威廉和伊斯亚看着对方。

"这是个电台吗？"伊斯亚喘息着，脸色苍白，"快点，没有氧气了。"

威廉又翻看了指南，这就是正确的频道。他不知道应该怎么办，但是现在这样肯定不对。他正准备再试着调一调，这时音乐停了，扬声器中传来一个温柔的女声。

"欢迎乘坐艾玛 2000，"她说，"这是最好的旅行方式。您只需要输入目的地坐标，艾玛 2000 将立刻带您前往。"

"你知道马里亚纳海沟的坐标吗？"威廉看着伊斯亚喘道。

"我不知道，但是它肯定知道。"她俯身向前敲了敲挂在墙上的世界地图。封面上蓝色的大字写着：世界海洋图。

"你能找到吗？"威廉看着氧气的指针喘息。指针已经指向了红色的底部。

伊斯亚疯狂地在页面中寻找。

"我们没时间了！"威廉咳嗽。

"找到了！北纬 11 度，21 分……"她停下，快速喘息，"东经 142 度，12 分。"

威廉输入坐标。

安静了片刻。威廉感到身体里最后一丝氧气也耗尽了，伊斯亚瘫倒在他的身边。这时他听到女声又一次响起："目的地：太平洋。请系好安全带，远程传送即将开始，十、九、八、七……"

威廉听着倒计时。伊斯亚晕了过去。

"三、二、一……"

嗖！

第三十三章

潜水钟哗啦一声浮出水面。

威廉打开顶上的气孔，新鲜的空气涌了进来。伊斯亚动了一下，深深地吸了一口气睁开眼睛。

"好险啊！"威廉说。

伊斯亚颤抖了一下，坐直身体。潜水钟上下晃动了几次，在水面上停稳了。

"看那边！"伊斯亚指着窗户喊道。

一只机械触手从潜水钟的顶部滑落，落入水中。透过厚厚的玻璃，他们能看到大章鱼的轮廓，它一直向下，沉入深海，最后伴着一丝光亮消失了。

"你觉得它还会把我们送回伦敦吗？"伊斯亚问。

"当然，"威廉说，"那里一定是它常驻的地方。"

威廉和伊斯亚看着彼此，威廉知道他们心里在想同一件事情：他们靠这个小小的潜水钟怎么能去马里亚纳海沟呢？菲尔说他们要到达海沟底部。他们需要一艘潜水艇，比如菲尔在仓库拿的那艘。

威廉看着面前玻璃上的裂缝。潜水钟的地上都是水。

他知道即便他们可以换了破裂的玻璃，潜水钟也无法承受马里亚纳海沟下巨大的压力，他们很快就会被碾碎的。

"我们现在该怎么办？"伊斯亚问。

潜水钟的一半已经淹没在水中了。一群调皮的海豚在他们前方蔚蓝的海水中嬉戏。

威廉没有回答，因为他心里也没有答案，他不知道要怎么才能到达马里亚纳海沟的底部，用他们现有的装备肯定不行。

"好吧，我们不能只是坐在这里唉声叹气。"他终于说道。他们爬了出去，坐在潜水钟的顶上，海浪拍打着潜水钟的两侧。要不是因为他们面临的情况如此紧迫危险，这会是理想中悠闲时刻，就像旅游广告中所说的那样：湛蓝的海水，蔚蓝的天空，温暖的阳光洒在身上。

"那是陆地吗？"伊斯亚指着水平线问。

"应该不是。"威廉回答。

伊斯亚的目光跟着一丛鱼群飘远。

他们听到身后一声巨响，一个浪拍打了过来，把威廉卷下潜水钟，掉进海里。他吞下了几口海水，拍打着想重回海面。终于，他冲出了水面，大口呼吸。

"威廉！"伊斯亚喊道。

他看向她声音的方向，看到她紧紧地抓着潜水钟。一个黑色的庞然大物挡住了阳光。

是一艘巨大的潜水艇。

潜水艇顶部的舱门打开，一个身影钻了出来。

那个人挥舞着手臂："你们都准备好了吗？"

第三十四章

"刚才情况怎么样?"菲尔刚刚锁好潜水艇的舱门,威廉就迫不及待地问道。

菲尔的头上有一个很大的裂口,他白色拼图一样的皮肤被扯开了,皮肤下的构造清晰可见。

"您受伤了?"伊斯亚说。

"哈?"菲尔看着她。

伊斯亚指了指他后脑勺上的裂口,菲尔用手摸了摸。

"喔,很快就会好的,"他说着拍了拍手,好像这是最无关紧要的事情了,"陨石灭绝恐龙那时候才是真的惨呢。"

"所以,情况怎么样了?"威廉又问。

"什么怎么样了?"菲尔转身看着威廉反问。

"刚才您一个人留在伦敦,之后发生了什么事?"

菲尔茫然地看着威廉,好像不知道威廉在说什么。过了一会儿,他突然想起来了。

"喔……那个,想起来了,很顺利。"他说完指着他们前方地上一个圆孔。

"我们要下去了。"菲尔从洞口的梯子爬下去,示意威廉和伊斯亚跟上。

他们走进潜水艇的控制室，周围的墙上满是各种开关、仪表、线路和管道。

菲尔拉下潜望镜，观察着外面。"按一下那个按钮。"他对伊斯亚挥手道。"威廉，等会儿听到了我的指令，你就拉下控制杆。"他指着墙上的控制杆。

他们听从菲尔的指令，于是巨大的潜水艇开始下沉。数千吨的钢铁开始沉入海底，艇身颤抖着、呻吟着、冒着气泡。

"您确认那个没有问题吗？"伊斯亚指着菲尔头上的裂缝问。

菲尔抬手摸了摸头。"喔，我完全忘了这事。"他卷起一条袖管，露出小臂上的控制板，按下了几个按钮。

几秒钟后，头上伤口处悬挂着的白色皮肤就开始向上折叠，收缩。裂口越来越小，过一会儿伤口就不见了。

"看，"菲尔笑着说，"已经好了！"他转身，一边拉着开关，按着按钮，一边喃喃自语。他打开墙上的一个屏幕说："这是我自己装的，这样操作更加方便些。"

菲尔侧身按下了墙上的一个按钮，屏幕旁小小的扬声器中流淌出舒缓的爵士乐。

"你们现在可以稍微放松一点了，下面还有很长的一段路。"说着他转身从一扇小铁门中出去了。

威廉坐在地上，倚着墙，伊斯亚坐在他身边。

他们安静地坐着，听着环绕着他们的奇怪声音：有来自仪器的哔哔声和嘀嗒声，还有潜艇下沉时海水冲击外壳发出的令人毛骨悚然的吱呀声。

过了一会儿，威廉看向深度仪，仪表显示他们已经下潜到了海沟一半的深度。潜水艇下潜很快，威廉的耳朵和头都开始疼痛，他感觉他的每一次心跳都像有把大铁锤在敲他的头。

"你知道我们现在有多深了吗？"伊斯亚没有转身，"这样的潜水艇不适合这样的深度。"

"但是菲尔说他改造过这艘。"威廉知道他说这话不过是在安慰伊斯亚，也是在安慰他自己。

威廉起身走到墙上的监视器屏幕前，屏幕上一片黑暗。威廉敲了敲屏幕："坏掉了吗？"

"没有，"伊斯亚回答，"黑了好了一会儿了，阳光穿透不到这样的深度。"

威廉看着深度仪，他们已经在海面下近六千米的深度了。

"快看！"威廉指着屏幕。一条发光的鱼从潜艇外游过，它长着条长长的吻，大嘴里的尖牙如钢钉一般锋利。

菲尔走进控制室："准备一下，我们快要到了。"

"快要到哪儿了？"威廉盯着屏幕，"这下面什么都没有！"那条鱼游走了，屏幕又变成漆黑一片。

"你马上就知道了，"菲尔回答，"我好一段时间没有来这儿了。和解开金字塔密码的人一起回来，感觉有点奇怪。"

"您上次来是什么时候？"伊斯亚问。

菲尔想了想，说："有几百万年吧，差不多。"威廉和伊斯亚面面相觑。

"它在那儿！"菲尔指着监视器欢呼。

"我看到了！"伊斯亚盯着屏幕上一个闪着光的灰色小点。

"看上去像一座金字塔。"她说。

"正是！"菲尔的声音激动得发抖。

"为什么在马里亚纳海沟的底部会有金字塔？"伊斯亚转向菲尔问。

"因为这里是最适合建造金字塔的地方，"他回答道，"尤其是当你不希望任何人发现它的时候。"

"但为什么是金字塔？"伊斯亚继续问道。

"你去过撒哈拉沙漠吗？"菲尔问。

"没有。"

"这金字塔和那里的大金字塔是一样的形状,"菲尔说,"比如说埃及的金字塔。因为金字塔形状是能够承受巨大压力的最完美的形状,所以最适合这里了。"

"它好像很小。"威廉如失了魂一般目不转睛地盯着金字塔。

"这个可比埃及的金字塔大多了,"菲尔呢喃道,捣鼓着墙上的按钮,"有埃及金字塔的三倍大。"

"三倍?"威廉惊讶地重复,"这个也是石头建造的吗?"

"金属,和那个一样。"他示意着地上的小金字塔,"它虽然是缩小比例的复制版,实际是一模一样的。"

威廉看着金字塔。它在闪着光,不仅仅是表面的符号在闪光,好像金属本身也在发光。它像脉搏一样在跳动,每一次跳动它都变得更加明亮。

"为什么它在闪光?"威廉问。

"我们在建立联系。"菲尔说。

"和谁?"

"和那个金字塔。"菲尔指着远方。监视器里面的金字塔也在闪光。

"你们最好去抓着什么东西,"菲尔说,"这一段通常都有些颠簸。"

　　一束光从海底的金字塔射出，如闪电一般穿透黑暗，撞上潜水艇，艇身剧烈地摇晃。威廉仰面摔倒在地上。

　　突然间，一切都在白色的光中炸开了。

第三十五章

威廉睁开眼睛看着四周，他们还在潜水艇里。伊斯亚坐在他身边，揉着肩膀。

"好痛，"她呻吟道，"好像我们坠机了一样。"

"这边，"菲尔示意他们跟着他，"牵引光线有时候会有些粗暴。"

"牵引光线？"威廉艰难地站起来。

威廉和伊斯亚吃力地跟着菲尔走出门。

菲尔开始打开头顶上的舱门。

"您要做什么？"伊斯亚质疑道，"外面的水压会压死我们的。"

"不会的，"菲尔说着推开舱门，刺眼的光射进圆圆的入口，"别怕！"菲尔爬出舱门，消失在一片白茫茫之中。

威廉正准备跟着他爬出去，伊斯亚一把拉住了他的胳膊。

"威廉，我们还不知道外面安不安全。"

"我们已经走到了这一步，不可能再退缩了。"威廉说着爬了出去。

他站在潜水艇的顶上，感觉就像在一个巨大的白色房间里。

"下来！"菲尔站在潜水艇边上朝威廉挥舞着手臂喊道。

"这是什么？"伊斯亚问。她爬上潜水艇，站在威廉的身边。

"不知道，"威廉说，"我们去看看吧！"

不一会儿，威廉和伊斯亚就来到了菲尔的身边。白色的房间里，除了巨大的潜水艇之外什么东西都没有，空空如也，白茫茫一片。

"这是哪儿？"伊斯亚看着房间，和威廉一样，心惊胆战。

"欢迎你们！"一个女声说道。这个声音好像来自四面八方。

"谢谢，回来真好！"菲尔说。

"你上次离开到现在有两百万零八百五十四年，两百七十四天，两小时五十四分钟。"那个声音说。

"哇，时间飞逝啊！"菲尔笑着说。

威廉靠近他身边轻声问："我们在和谁说话？"

"我！"现在这个声音来自他们身后。

威廉转身看到一个黑色长发女人穿着一件白色礼服。她就像天使一样，美得令人目眩，令人无法直视，却又让人无法将目光移开。她微笑着看向伊斯亚，然后是威廉，最后是菲尔。

"你好像很累，菲利普，"她的声音里满是关切，"你很快就可以休息了。"

"谢谢。"菲尔低下头，好像"休息"两个字让他很难堪似的。

"她是谁？"伊斯亚轻声问。

"我是储存在这里的数据的化身。"女人回答道。

"就像全息影像那样？"威廉问。

"正是如此。"女人微笑道。她用明亮的湛蓝的眼睛看着他们。

"是哪位解开了金字塔密码？"她问。

"是他。"菲尔指着威廉。

女人的目光转向威廉。威廉突然想找个地方躲起来，他到底把自己和伊斯亚带到了什么境地中了呢？

"你叫什么名字？"她靠近问。

"威廉·温顿。"威廉仔细观察她的脸。她脸上除了令人愉悦的笑容，没有其他表情。

"你好，威廉·温顿，"女人说，"也许你在想我是谁？"

威廉有点喘不上气来。他口干舌燥，所以只是点了点头。

"我是曾经生活在这里的文明的最后一个代表。"她依然面带微笑地说道。

"我们都是。"菲尔纠正道。

"是的，"她看着菲尔说，"我们两个……是我们曾经辉煌的文明中仅存的两个了。我们曾经居住在一座大型海底城市，所有的建筑都是金属金字塔的形状——但是亿万年过去了，只有这座金字塔在海底巨大的压力中保存了下来。我们叫它失落之城。"

"你是电脑程序吗？"威廉惊讶地问。

"我可以自由变换形态，"女人继续说道，"通过我，你可以得到我们的文明数千万年研究累积的所有知识。"

"那可是很多知识啊！"菲尔一脸骄傲。

"只要通过最后一关测试，你就可以得到所有这些知识。"那双天使的眼睛径直注视着威廉。

"你早已知道，"她继续说，"一切希望都在你的身上。"

威廉恭顺地点了点头。他突然感到自己很渺小，要为这个文明在千万年所累积的知识负责，这个责任让人一想到就心生畏惧。

"曾经生活在这里的人们发生了什么？"伊斯亚问。

"几千万年以前，人类被迫通过隐码传送门离开地球，"女人平静地说道，"骇金占据地球表面人类身体的时候，有一小群人逃脱了，他们逃到了这里，深入海底。在这儿，他们是安全的。"

她停了一会儿让威廉和伊斯亚消化这些信息。

"他们在这里生活了千百万年，繁衍了无数代人，他们的目标从未改变：找到打败骇金的方法，以防有一天它重返地球。"女人说到这里停了下来。

"找到了吗？"威廉问，"他们找到方法了吗？"

"是的，他们找到了，"女人笑着说，"数不清的人，经过了一代又一代，在不计其数的失败之后，终于找到了可以击败看似无敌的骇金的方法。"

"那是什么呢？"威廉深吸一口气。

女人又看向菲尔，问："它在你这里吗？"

菲尔点了点头，把手伸进了一个口袋，拿出一个小小的金字塔。

菲尔把小金字塔放在他们面前的地上，威廉认出了这是星智仪。

"就是它！"女人轻柔地说。

菲尔用他的遥控器对准金字塔。"你们最好退后一些。"

他说着示意威廉和伊斯亚后退。

他们照做了。

砰的一声响，一道强光闪过，金字塔慢慢变大直到矗立在他们跟前。

"这就是星智仪，"女人说，"这是数百万年实验的成果，而现在，它很快将属于你了……如果你通过最终测试的话。"

"但是，"威廉欲言又止，他感到头晕，脑袋痛得快要炸了，"它到底是什么？"

"它是世界上最强大的武器，"女人说，"唯一可以击败骇金的东西。"

她用明亮的眼睛观察着威廉。这时威廉才注意到，他之前没有看到，是因为房间是纯白的，但是现在，当她站在金属金字塔前，威廉可以看到她是透明的。虽然只有一点点，但是，吓到他了。

"然后呢？"伊斯亚不耐烦地问，"到底它会如何击败骇金？"

"如果威廉通过了最终测试，"她轻柔地说，"我会告诉你的。"

"如果我通过不了最终测试会怎么样？"威廉问，他的声音因恐惧而微微发抖。

"那么你需要留在这里，"女人回答，"你们两个人都要留在这里。"

"留多久呢?"威廉害怕自己心里所想的就是答案。

"你们的余生，而菲利普将会回到陆地上，继续寻找可以解开密码的人。"

"那如果威廉通过了测试呢?"伊斯亚说。

"那么星智仪就将属于你，你们可以回到陆地上。星智仪上储存着所有的信息，你可以用它来对抗骇金。"

说完这些话，她就不见了。

第三十六章

威廉环顾四周。房间里所有的东西都白得令人炫目，威廉甚至无法分辨哪里是地面，哪里又是墙面。

"我一点都不喜欢这样。"伊斯亚说。

威廉也不喜欢，但是他没有说出口，他需要保持冷静。

"菲尔也走了，"他说，"潜水艇也不见了，他们是怎么在一瞬间都消失不见的？"

"现在一切都要靠我们自己了……"伊斯亚说，"或者更准确地说，要靠你了。"

"密码肯定和它有关。"威廉指着金字塔。

"但是它太大了，没有办法操控。"伊斯亚走到金字塔前，抚摸它的表面，"它现在得有几千吨重吧。"

威廉仰望金字塔，没想到一路上他都拿在手中的小东西竟然可以变得这么大。

"好啦，"他抱着双臂说，"我不能一直这么站在这里，我得做点什么。"

他脱掉外套丢在地上，卷起袖子，狠狠地盯着金字塔的表面。金字塔的墙面铺满了他的全部视野。他闭上双眼

等待着，如果说这里有密码的话，身体里的震动立刻就会
让他知道。

但是身体里什么动静都没有。

"你身体里的骇金在这里帮不了你。"女人动听的声音
说道。

威廉看了看四周，她不在周围。他转身看到伊斯亚站
在自己的身后。

"你听到了吗？"他问。

"听到什么？"

"没什么。"威廉把注意力重新集中到金字塔上。

这个金字塔一定就是密码。还有可能是这里别的东西
吗？况且，这里除了金字塔什么都没有。

他全神贯注地看着金字塔表面奇怪的符号。如果说他
体内的骇金在这里真的不起任何作用的话，他就得依靠他
天生的解码能力了。这个想法叫人不寒而栗。

威廉的脑海思绪翻腾，突然间，他注意到在他正前方
金字塔的表面有些不一样。它可能一直就是这样的，但是
因为半隐藏在各种各样的符文下，不易发觉。

那是一扇门吗？

威廉抬手抚摸着那些方形的凹痕。可金字塔上既没有
锁，也没有门把手。

"你看到什么了吗?"威廉听到伊斯亚在他身后说。她的声音很遥远,好像她已经走远了,但是威廉知道她其实就在他的身后。

威廉没有回答,他把所有的注意力都集中在门上。他应该打开这扇门吗?怎么打开呢?

然后他注意到了这扇门是由更小的方块组成,就像一张拼图。这张拼图威廉以前见过……在哪儿?威廉一直有着超乎寻常的视觉记忆,甚至可以说是过目不忘。

威廉闭上眼睛,在脑海中回想菲尔的样子。他试着还原每一个细节:他的头,他的手,他的腿和长外套。他在脑海中放大菲尔的脸,想起来他苍白的皮肤似乎是一块块小小的拼图组成的。威廉想起自己第一次注意到菲尔的皮肤时,曾想里面是不是藏有什么机关。

现在,他知道这里面一定大有深意。

那会不会是威廉面前的密码的线索呢——又或者就是答案呢?

威廉在脑海中重现菲尔的样子,伸出手,抚摸着门。他用手滑过门的表面,所有的金属小方块都是可以移动的,可以组成不同的图形。威廉按照菲尔皮肤的样子重新排列这些方块,直到和菲尔的皮肤一模一样。

他用两只手同时操作,移动着小方块,越来越快,就好像他已经出了神，好像骇金正在他的体内帮助他解码。只是现在，是他自己在解码，而不是骇金。他感觉自己充满了力量，每移动一块方块，他都更加相信自己。

忽然，门内传来低沉的隆隆声。威廉退后一步，看着门缓缓打开。

"你成功了！"伊斯亚在他身后欢呼。

"还没有，"威廉轻声说，"我觉得还没有结束。"

他注视着门内的黑暗，知道自己需要进去。他的心脏在胸腔内剧烈地跳动，他往前走了一步，全身都在颤抖。

"我和你一起进去！"他听到伊斯亚说。

"不行，"威廉坚定地说，"你得待在这儿，以防有什么事情发生。"

他停在门口，朝内看去，里面空无一物，唯有黑暗，但是他必须独自面对。他和伊斯亚的性命，甚至全世界的未来可能都系于此。如果他没能解开最终的密码，他们将被永远困在这里。

威廉浑身僵硬，心中充满恐惧，一脚踏进了金字塔的黑暗中。

第三十七章

金字塔内部漆黑一片，冰冷刺骨。威廉可以感觉到寒意拍打在自己的脸上，从门口照进来的光线中，他可以看到自己呼出来的气变成了白雾。

真的很奇怪，外面的光应该可以把里面都照亮，但是这里却这么黑。

也许这里面什么都没有，也许是威廉搞错了，也许解码的最后一步不在金字塔里面。

"威廉？"伊斯亚在门外喊道。

"我没事，"威廉回答，"里面什么都没有。"

"那你快出来吧，"她说，"我有种不好的——"

门突然在威廉的身后关上，阻隔了伊斯亚的声音。他转身走向门口，但是因为里面没有一丝光亮，他猛地撞上了金属墙面，停下脚步。他绝望地摸索着墙面搜寻出口，可墙面就像抛光的金属一样光滑。门已经不见了。

威廉就这样被困住了。

他唯一能听到的就是自己急促的呼吸声。他的心脏剧烈地跳动，头好痛。金字塔里变得更冷了吗？

威廉用拳头捶着墙面，用尽全身力气大喊："伊斯亚?!"

他的声音在黑暗中回荡。他把耳朵靠近墙面，仔细地听，没有任何回答。伊斯亚还在外面吗? 有什么事情发生了吗? 难道所有这一切都是一个陷阱吗?

"她听不到的，威廉!"在他身后的黑暗中一个刺耳的声音说道。

威廉僵住了，因为他立刻听出了这个人是谁。

"转过身来，威廉!"尖厉的声音又说道。

威廉缓缓地转过身，在黑暗中想分辨声音来自何处。

"好孩子!"那个声音说，他靠得更近了。威廉可以感觉到那令人作呕的、冰冷的呼吸就在自己面前。

"你可真是历经了千辛万苦才来到我面前啊!"那个声音继续说道。

威廉没有回答。他紧紧地贴着身后的墙壁，绝望地想逃离黑暗中的怪物。

"你想怎么样?"威廉问，他的声音因恐惧而颤抖。在维多利亚站矿坑下发生的事情，所有的回忆都蜂拥而来。在回忆里，他似乎还能感觉到亚伯拉罕·塔利干枯的手抓着他的脖子。亚伯拉罕那时为了他体内的骇金想置他于死地，现在的他还是想要骇金吗?

但是他怎么会在这里? 他明明已经穿过了隐码传送门。

难道他被传送到马里亚纳海沟下面了？那么远跑去喜马拉雅山脉，却为了穿越到海底，这说不通。

但是亚伯拉罕·塔利确实在这里，威廉十分确定。

"你想要什么？"威廉再次对面前的黑暗说。

"还不明显吗？"亚伯拉罕在黑暗中反问，"我想要你，威廉，你应该和我一起，我们携手可以做很多大事。"

"你不在这里，"威廉说，"不可能。你只是我脑袋里的声音而已。走开！"

忽然有光开始在他周围闪烁，几千个小小的光点亮了起来，就像清澈的夜空中洒满了星星。一个黑色人影站在他面前，他身体的一部分被小小的光点照亮。

的确是亚伯拉罕·塔利。

他好像比威廉上一次见到他时年轻了一些，肩膀宽阔有力，胳膊和双手肌肉发达。他穿着一套黑色西装，好像要去参加一场葬礼。他的胡子也不是灰白色的，而像周围环境一样漆黑。他黑色的瞳孔似乎在闪闪发光，他的脸上挂着笑容。

"还不相信我在这里？"亚伯拉罕问。

威廉没有回答，他的眼前就像放幻灯片一样闪过自己的全部人生：在英国的童年，逃亡挪威，还有在研究所的时光。

他就要这样死在亚伯拉罕的手上了吗？就这样了吗？一切就要这样结束了吗？

威廉绝望地看着四周，没有出口，无处可躲，无处可逃。亚伯拉罕·塔利到最后还是逮到了他，那个在伦敦矿坑中开始的故事现在走到了尽头。

"我可以给你想要的一切，威廉！"亚伯拉罕说。

"那放我出去！"威廉绝望地说。

亚伯拉罕咯咯笑了。

"想得美！我想让你加入我们，如果你遵从自己的内心，就会知道我是对的。你和我……其实是同类，我们身体中都有着不同寻常的东西。你知道我在说什么，而且我知道你能够感受到那种连结。"亚伯拉罕又朝前走了一步。

威廉死死地贴着身后的墙壁，他的身体都痛了。

亚伯拉罕停在他面前，举起一只手，搭在威廉的肩上。

"你可以帮助我将骇金带回地球，"他轻声说，"带回它的家乡。那会是一个新的开始，我们将迎来一个崭新的世界。"

"如果骇金回来，地球上生活着的人类会怎么样？"威廉的怒火在心中升腾。

"当然，他们全部都会被拯救。"亚伯拉罕说。

"拯救？"威廉重复道。

"是的，"亚伯拉罕阴鸷地笑道，"他们将和骇金融为一体，就像你我一样，只是更加彻底罢了。"

"你疯了！"威廉说。

亚伯拉罕脸上的笑容不见了，他暗黑的眼睛盯着威廉。

"你说什么？"

突然，威廉感觉自己没那么勇敢了。亚伯拉罕凑得更近了，他酸腐的气息喷在威廉的脸上，威廉快要窒息了。

"把密码给我，"亚伯拉罕说，"把反骇金交给我，它是我的！"

威廉终于明白了亚伯拉罕想做什么。这是人类唯一可以用来阻止骇金攻占地球的东西。他想要反骇金，他前面所做的一切只不过是想诱骗威廉交出密码。

"不可能！"威廉用尽全身力气大喊，"我死也不会给你的！"

亚伯拉罕退后看着威廉，一脸讶异，眼睛里充满着不可置信。

"你真的是这么想的吗？"他问。

"当然！"威廉说着挺直了胸膛。

"那你可以走了。"亚伯拉罕说。现在他的声音似乎柔和了很多，几乎像一个女人的声音。

"什么？"威廉不解。

他身后的门上传来轻轻的咔嗒声，门打开了。威廉转身看到白色的光从外面照了进来。

他再次转身，亚伯拉罕已经不见了。

威廉走出金字塔。

"威廉！"伊斯亚跑过来搂着他的脖子，"刚才我还以为这是一个陷阱呢。"

"你可真难对付啊！"菲尔说。他和那个穿着白衣服的女人一起，站在稍远的地方。

伊斯亚松开手转身面对他们。

"你做到了，威廉！"她说着湿了眼眶，"你成功了，你通过了测试。"

威廉看着菲尔。"但是亚伯拉罕……"威廉指了指身后，"他在里面。"

"那是全息影像，就和我一样，"女人温柔地笑着说，"我们不能冒险把反骇金交给会在压力下屈服的人，即便这个人是世界上最优秀的解码大师。"

菲尔走到威廉跟前，伸出手，他们握了握手。

"能认识你真的非常高兴，威廉！"他说，"你和伊斯亚该回去了。"

"您不来吗？"威廉问。

"我的工作都已经完成了，是时候好好放松了。"菲尔笑道。他从口袋里掏出遥控器，对准大金字塔按了一下，嗖的一声，它又缩回原来的大小。

"它现在是你的了，威廉，"女人说，"小心使用！"

菲尔捡起金字塔交到威廉的手上："用你的生命去保护它。"

威廉点点头，把这小小的东西捧在手心。

第三十八章

威廉回到了潜水艇的控制室，里面又黑又冷。远处传来发动机低沉的隆隆声。威廉看了看四周，只有他一个人在控制室里。

"伊斯亚?"他呼唤，但是没有应答。

"伊斯亚?!"他又喊道，这次声音更响了一些，但是他能听到的就只有潜水艇的发动机声。

墙上的屏幕上一片漆黑。几条发光的鱼游过。海床上没有金字塔的痕迹。

星智仪在他前方的地上，神秘的符号如脉搏一般跳动着。威廉没有办法理解，为什么他可以离反骇金这么近却安然无恙。但是他现在没空研究这个，他得先找到伊斯亚。

"伊斯亚?!"他又喊道。

"在这儿呢!"伊斯亚在他身后回应道。

威廉转身看到她从控制室另一端的小门走进来。

"潜艇上只有我们两个人吗?"她环顾四周。

"是的，你刚刚去哪儿了?"

"我去下面的机房了。"她说着想擦去外套上的油污。她看着地上闪着光的星智仪："刚刚在那里发生了什么？你觉得我们是在这个金字塔里，还是在海床上的大金字塔里？"

"不知道，但是好像我解开了最后一道密码！"

伊斯亚笑了。"是的，你解开了。"她的笑容又渐渐消失，"我希望能再次见到他。"

"我也是，"威廉说，"但是我想菲尔需要时间休息，毕竟他工作了好几百万年。"

伊斯亚点了点头。

威廉走到另一面复杂的仪器控制板前，看着一排闪烁着的按钮说："这里应该有一个发射器。"

"那个？"伊斯亚指着一个老电台。

威廉打开电台，扬声器开始撕拉撕拉地响起来。他把旋钮调到艾玛2000的波长，刺耳的噪声不见了，扬声器里传出了悦耳的轻音乐。

"欢迎乘坐艾玛2000，"一个熟悉的声音说，"这是最好的旅行方式。您只需要输入目的地坐标，艾玛2000将立刻带您前往。"

"你知道伦敦的坐标吗？"威廉看着伊斯亚。

"如要返回，请输入返回码：000。"女人的声音说。

威廉松了口气，输入了返回码。

"谢谢，"那声音说，"正在定位艾玛2000。"

威廉退后几步，紧紧地抓着墙上的扶手。他们盯着漆黑的屏幕，希望看到些什么。

"你相信艾玛可以潜到这么深的地方吗?"伊斯亚问。

威廉还没有来得及回答，就有什么东西跳进了漆黑的屏幕：一开始只是一个小小的光点，逐渐越来越大。它越来越近，威廉可以辨认出巨型传送章鱼的触手了。

"准备对接!"艾玛播报。

一声巨响在潜水艇中回荡着，他们身边的一切都摇晃起来，过了一会儿，潜水艇又安静了下来。

"对接完成，"女声播报，"准备传输。"

威廉和伊斯亚看着彼此。潜艇的金属外壳上远远地传来隆隆的声响。

"传输准备，五……四……三……"

周围的电子设备开始喷射火花。伊斯亚瞪大了双眼。

"二……一……"

嗖!

他们好像被一股强大的力量向上吸去，又落在了地上。巨浪拍打着潜水艇的艇身。

威廉和伊斯亚并排安静地躺着，潜水艇前后摇晃着，好像一个大摇篮一样。

突然间一切都变得安静，一点声音都没有了。

"你觉得我们到了吗?"伊斯亚站起身问。

"马上就知道了。"威廉也站起身。他看着屏幕，屏幕上什么都没有，他走向通向舱门的梯子。

"我们不知道外面有什么，"伊斯亚提醒他，"高夫曼也许还在这里等着我们呢。"

"那也没办法啊，我们不能永远都不出去。"

威廉爬上梯子，抓着轮盘锁，用力扭转。圆圆的舱门咔嗒一声打开，威廉把门推了上去。

他小心地探出头向外张望。

他们回到了大本钟下的水库。

铁门边菲尔用来挡门的伦敦巴士已经截成两段，冒着黑烟，铁门外是回去的地下隧道。

天花板上坚固的铁梁已经变形，像烧红的煤炭一样闪着红光。断裂的电缆嘶嘶地响着。威廉不寒而栗。他转身看着伊斯亚。

"好像有电缆断在水里，"他说，"上面一团糟，但是我没有看到其他人。"

"那不代表就没有别人了。"

"我先出去看看，"威廉说，"确认没有问题了，你再带着星智仪出来。"

"好的。"

巴士后面的门是出去的唯一通道。威廉爬出舱门，一股煳橡胶味袭来，他咬紧了牙关。

第三十九章

威廉下了潜水艇外侧的悬梯，踏上混凝土码头的边缘。

伊斯亚跟着他爬出潜水艇的舱门。威廉转身查看水库四周的情况：高大的铁门仅在二十米开外的地方，半掩着。高夫曼说不定正在门后的隧道中等着他们。他得先去探查情况，才能让伊斯亚带着星智仪出来。他们现在拿着反骇金，不能冒一丝风险。他小心翼翼地走向门口，又小心翼翼地跨过湿水泥地上冒着火花的电缆。

半堵着门的半截巴士还在冒着黑烟。令人窒息的灼热烘烤着他，他把外套脱了，卷成一团，捂在脸上。空气热得好像他的头发都要烧着了。求生的本能让他想赶紧跑出门口，进入门后漆黑凉爽的隧道，但是他不知道外面有什么在等着他。

"威廉！"正靠近燃烧的巴士和门口时，他听见伊斯亚大喊。他没有转身，只是举起一只手让她站在原地等待。他探身朝隧道中张望，虽然隧道中只有几个旧灯泡，但是光照足够让他看清外面有没有人。

"威廉！"伊斯亚又喊道。

　　"外面没人。"威廉转过身，"我们得出……"他看到眼前的人僵住了。

　　高夫曼一动不动地站着，用他那疯狂的眼睛盯着威廉——和科妮利亚·斯特朗勒过去的眼神一模一样。他的脸已经变了，现在的他更像科妮利亚而不是高夫曼了，他的脸因疯狂而泛着红光，部分头发已经烧焦，一侧脸也烧伤了，机械手上的手指不安地来回移动着。

　　威廉不知道要做什么。伊斯亚被困在了潜水艇中，如果她上岸，高夫曼就会抓住她，拿到星智仪，如果她跳入水中，她就会被电死。

　　"东西在哪儿？"这已经不再是高夫曼的声音，而是科妮利亚的。

　　"不在我们身上……"威廉在慌乱中脱口而出。

　　"废话！"高夫曼怒吼，"你通过了测试，否则你们不可能回得来。反骇金在哪里？"

　　威廉想看向伊斯亚，但是他忍住了，他不想把高夫曼的注意力转移到她身上。只要他一直和高夫曼说话，伊斯亚就有时间思考脱身的方法。

　　"她拿着是吗？"高夫曼用疯狂的眼睛盯着伊斯亚问。

　　威廉还没有来得及说一个字，伊斯亚就举起星智仪，把手伸到通了电的水边。

"我要放手吗，威廉？"伊斯亚问，"这样的话至少他暂时抢不到密码。"

威廉看着黑色的水。如果伊斯亚松手，首先星智仪会受到几千伏的电击，接着它会沉入黑暗的海底。他想起菲尔说过的话：没人知道这水到底有多深。也许就再也找不回来了。

"等等！"威廉盯着高夫曼说。

一定还有办法可以让他恢复一点理智。威廉坚信曾经的高夫曼一定还在，在那双畸形的眼睛之后的某个地方。

"你到底怎么了，高夫曼？"威廉问，"是科妮利亚的机械手让你变成这个样子的吗？"

"高夫曼纯粹是自作自受，那蠢货不戴机械手就不会有事。"

威廉很惊讶。现在高夫曼又在这样骂他自己，就像之前在研究所一样。

"高夫曼已经不在了。"高夫曼冷笑道。

"你是什么意思？现在在我面前的难道不是高夫曼吗？"

"这只不过是他的身体，他已经不在他的身体里了。这里没有我们两个人的空间。我赢了，所以这里只有我一个人。"

"科妮利亚。"这个名字让威廉感到恶心，就像他能够闻到那股令人恶心的煳橡胶味一样。

高夫曼——或者说是科妮利亚——笑了。这曾是威廉最恐惧的噩梦。她回来了，她要抢反驳金。

"高夫曼第一次戴上机械手时，他就意识到了自己犯了一个严重的错误，"科妮利亚说，"但是已经来不及了，机械手已经把我传输进他的身体。他没有任何办法可以摆脱我。虽然过程缓慢，但是结果毋庸置疑，我控制了他。"

科妮利亚用那双疯狂的眼睛盯着威廉，好像想要他真的理解她所说的一切，好像想说服威廉一样。

"一开始他用尽全力反抗我，想去拯救他那些宝贵的机器人，让它们都退役了，藏进阁楼里。他假装和本杰明闹翻，所以本杰明可以辞职离开研究所。也许他不想让本杰明看到他变成我的样子。"

科妮利亚看向伊斯亚，似乎想确定伊斯亚还在那儿，接着又转身回来看着威廉。

"接着星智特工突然出现了，"她冷笑着继续说道，"高夫曼知道我会不惜一切代价拿到星智仪，毁了它。"

"所以他第一次碰到机械手的时候，你还在机械手中？"威廉轻轻地问，想拖延时间。

"当然，"科妮利亚说，"在隐码传送门，那是我唯一可以逃生的方法。我分解了自己，把自己储藏在机械手中。

我知道一定会有人再次戴上机械手，不过是早晚的问题。到那时我就又自由了，就像阿拉丁神灯里的灯神一样。"

科妮利亚不怀好意地咧嘴笑着："但是我承认，高夫曼戴上了机械手真的太令我惊讶了。他只是想试试，这个可怜的蠢货。大错特错啊！"

"高夫曼现在在哪儿？"威廉不忍心听到答案。

"他死了，"科妮利亚回答，"不说废话了，"她转身面对潜水艇，"她在哪儿？"

"在这儿呢！"伊斯亚从舱门爬了出来。

"把星智仪给我！"科妮利亚命令道，她看着伊斯亚，却把她的机械手指向威廉，"否则我就杀了他。"

威廉能够看出伊斯亚已经有了计划。她盯着下方黑水中的什么东西。

"快给我！"科妮利亚尖利的声音在宽阔的空间中不断回响。

这时威廉注意到了水里的东西，一个光点。那个光点越来越近，越来越大。

"抓着！"伊斯亚把手里握着的东西扔给科妮利亚。

科妮利亚双手向前伸着冲向潜水艇，她接住了伊斯亚扔的东西，双脚已在水边。

她手中握着的是潜水艇的老电台，就是威廉用来召唤艾玛的那个电台。

"一个电台?"科妮利亚看着伊斯亚问,"为什么你要给我一个电台?"她的脸愤怒得变了形。她用机械手对准伊斯亚,嗖的一声射出了一道光线。伊斯亚躲开了,光线擦过潜水艇,击中了头顶的天花板。

"我要……"科妮利亚尖叫着,但是还没有来得及说完,一只巨型章鱼冲出水面,抓住了她。它把科妮利亚高高地举在空中。科妮利亚尖叫着,手中的电台掉入水中,激起一团火花。

章鱼带着科妮利亚消失在水中。身体接触通电黑水的那一刻,她尖叫着,抽搐着,剧烈反抗着,直至完全失去了力量。章鱼松了触角放开她,悄无声息地消失在深水中。

威廉和伊斯亚惊呆了,他们默默地看着失去生命的身体又浮上了水面。

威廉的腿微微颤抖,伊斯亚爬下潜水艇外侧的悬梯。

伊斯亚下了潜水艇,走到威廉身边。

"你觉得她……这次真的死了吗?"她轻声问。

"是的。"威廉沉重地说。

他们知道他们面前漂浮着的是科妮利亚·斯特朗勒。她夺走了高夫曼的身体,而他们最终都付出了生命的代价。

第四十章

威廉和伊斯亚站在大本钟外，他们身后墙上的门已经缩小不见了。

威廉把金字塔藏在毛衣下。街上是拥堵的交通和繁忙的人群，似乎没有人注意到他们。

他仰望着钟楼顶端的钟盘，笑着说："大本钟又开始走了。"

伊斯亚似乎并不在意钟走不走的问题，她正盯着他们前方的什么东西。

"那是谁？"她指着人群中的一个人说。

威廉看到这个人戴着一顶棒球帽，穿着一件臃肿的蓝色外套。帽檐遮住了他的一部分脸，但是他好像在看着他们的方向。

"走吧！"威廉拉着伊斯亚，"有人注意到我们了。"

他们爬过栏杆，在拥挤的人群中艰难前进。威廉转身看那个人是否还在跟着他们，但是没有看到他。也许他只是一个普通的游客，碰巧注意到了围墙内的两个小孩。

不管怎样，他们得找到一个安全的地方，商量怎么样带着星智仪回到研究所去。

几分钟之后，他们来到一尊巨大的温斯顿·丘吉尔雕像旁。这里人比较少，他们可以停下来喘口气。一边在人群中艰难行走，一边要保护沉重的金属金字塔，威廉早已汗如雨下。

"他还在跟着我们！"伊斯亚冲他们过来的方向点了点头。

那个人径直向他们走来。毫无疑问，他在跟踪他们。

他们立刻跑过街道。

"那里！"伊斯亚指着街尾的一排树说。

威廉一边跑，一边往回看，那个人还在跟着他们，而且速度很快。

威廉和伊斯亚刚跑到路上，一辆车按了喇叭，转了个弯，差点撞上他们。他们跳过一条低矮的铁栅栏，进入一个公园，沿着一条人行步道奔跑。前方是一个大湖，里面两只白色的天鹅在打着盹儿。

"那里！"伊斯亚喊道。

这时他们身边都是高大的树木和茂密的灌木丛。公园的植被隔绝了城市的喧嚣。

"上去！"威廉抓着一棵大树的枝干，开始向上爬。

之前可能有几千个孩子爬过这棵树，树皮都被磨光了，但是威廉和伊斯亚可不是来这儿玩的，他们是来藏身的。

很快他们就藏到了茂密的树叶中，威廉听到下方传来一个声音，吓了一跳。一只松鼠跳到了他们坐着的树枝上，又跳到了临近的树上。它坐在那儿，一边啃一颗坚果，一边好奇地观察着他们。

"你觉得他会发现我们吗？"伊斯亚小声问。

威廉看着下方的地面，他有种预感，追赶他们的人不会那么轻易放弃。

茂密的灌木丛沙沙作响，接着那个人就出现在他们的视野。他径直走到他们所在的那棵树下，好像知道他们就在那儿似的。

威廉屏住呼吸，他想着过去几天他们的经历，不能再让任何人拿走金字塔了。

威廉看着那只松鼠，它好像已经对手上的坚果失去了胃口。它也在看着威廉，接着它松开了手中的坚果，正好掉在树下那个人的身上。

威廉好像看到了整个过程的慢动作：坚果慢慢地落向他们树下的那个人，有一瞬间，威廉以为坚果落偏了，但是它擦到了一根树枝，改变了方向，击中了那个人的帽子。

那个人仰头向他们望来。威廉下意识地从毛衣下拿出金字塔交给伊斯亚，跳下树枝，扑向下面那个人。

那个人想躲，但是已经来不及了。

威廉用尽全力一击，两个人一起摔在地上。

威廉把那个人按在地上，只有牢牢地抓着他，伊斯亚才有时间带着星智仪逃跑。

"快跑，伊斯亚！"他大喊，"快跑！"

他听到伊斯亚从树上爬下来，来到他身边。

"威廉，"他听到那人说，"放开我！"为什么他说话跟个机器人似的？

威廉直起身："你知道我是谁？"

"当然！"那个人回答，"你可不可以先放我站起来？"

威廉摘掉了他的帽子，看到了帽子下的脸，倒吸一口凉气。

威廉立刻认出了它。它是高夫曼从本杰明那里拿走的机器人，用来破坏金字塔的密码克星机器人，本杰明用来装载威廉外公的机器人。

威廉没有退让，他还没有打算放这个机器人走。

"你为什么跟着我们？"他问。

"是我！"机器人说，"我是外公！"

第四十一章

在一辆红色的伦敦巴士上层，威廉坐在外公——确切地说，机器人外公——和伊斯亚之间。在地下水库所发生的一切之后，威廉还不是很能适应像这样正常地乘坐巴士，因为到现在他好像还能感受到那冒着黑烟的巴士残骸散发出来的灼热。

威廉很难将自己的目光从外公身上移开。

"有人会把高夫曼的尸体打捞上来，清理水库，"外公说，"应该给他办一个体面的葬礼。"

威廉点了点头。他们沉默了一会儿。

"您这样在大街上走动，都没有人惊讶吗？"伊斯亚打破沉默说道。

"这里可是伦敦，"机器人外公说，"人们都见怪不怪了。"

威廉低头看了看藏在毛衣下的金字塔："我们得尽快把它送回研究所。"

外公好像想说些什么，但是又不确定该如何表达。

"我有一个坏消息。"他看着威廉的脸。

"什么?"

"有关研究所的。"

"什么呢?"威廉焦急地等他继续说下去。

"我们回不去了,"外公说,"那个地方已经变成了废墟。研究所在新老机器人的战斗中被摧毁了。然后高夫曼——我指的是,科妮利亚——在动身去追你们之前,将剩余的一切都彻底夷为了平地。"

三个人又陷入了沉默。威廉茫然地望着前方,他无法相信,研究所真的彻底不存在了吗?

"我们已经决定和错误信息中心联手。本杰明将接任主管一职,我们决定把所有东西搬去一个秘密的地址,"外公继续说道,"我们将去往地下。"

"但是接下来我们该做些什么呢?"威廉看着自己的毛衣问,"星智仪需要存放在安全的地方。"

"我知道,"外公说,"正因如此,我们才会来到这里。"

过了一会儿,他们下车,在人行道上看着巴士驶远。

"走吧!"外公迈开脚步。

"我们去哪儿?"威廉问。

"到一个安全的地方,你曾经去过那里。"

"我去过?"威廉看着伊斯亚,伊斯亚只是耸了耸肩。

外公从繁忙的大街拐到了一条狭窄的小路,一路上都是垃圾桶和各式各样的垃圾。

外公环顾左右，闪躲到一个巨大的绿色集装箱后面。威廉和伊斯亚紧随其后。外公来到一个圆形井盖前。

"帮我放哨，"他蹲了下来，"有人来的话告诉我。"

他从外套口袋里掏出一把旧钥匙，用他的金属手指摸着井盖上的图案，停在了一个地方，那地方乍看像一条裂缝。

外公把钥匙插进裂缝，转了一下，井盖内侧传来一声轻轻的咔嗒声。外公站起来，退后了几步。

井盖猛地一震，开始向下方的黑暗中下沉，发出尖锐的刮擦声。接着刮擦声消失了，变成了遥远的嗡嗡声。

那嗡鸣声越来越响，一条闪闪发光的金属管伸出地面。外公走到金属管前，在控制板上输入一串密码，金属管上的门嗖的一声打开了。

"进来吧！"外公走进金属管。

"你先进。"威廉对伊斯亚点头说。

她走进金属管。威廉刚刚挤进去，门就关上了，金属管以极快的速度下降。

威廉感觉到金属管在不停地左拐，右拐，向上，向下，就像在坐过山车，只是比过山车更快。

管子突然停了下来。门滑开，立刻有明亮的光线照进来。

外公和威廉走出管子，伊斯亚紧随其后。

"欢迎你们！"一个女人欢快地说道。

一个高大丰满的女人乘坐一辆类似高尔夫球车的小车来到他们身边，只是这车没有轮子，在一个盘旋的气垫上。她戴着黑色太阳镜，眼镜两侧各有两条细线连接着她的脑袋。威廉立刻就认出了她，外公说得没错，他以前来过这儿。

驱车而来的正是泽诺摩尔教授，她是错误信息中心的头儿。威廉、高夫曼和本杰明去维多利亚车站下面的秘密隧道中找寻外公时曾在这里藏身。那仿佛是很久以前的事情了。在那之后又发生了多少事啊！

车子停在他们面前，泽诺摩尔教授开心地大笑着。

"星智仪在你手上吗？"她问。

威廉看着外公，外公点了点头。

"在这里。"威廉指着自己的毛衣。

"很好。"泽诺摩尔教授满意地拍了下手，"放到那里面。"她指着一个东西对威廉说。那东西看上去像一个机器人保险柜，正朝他驶来。

它稳稳地停在威廉的面前，打开顶上一个盖子。

"在这里它很安全。"教授说。

威廉把星智仪从毛衣下拿出来，看着它。他们经历了千辛万苦才得到它，转眼又要交出去，心里感觉怪怪的。

"它很快就会回到你手上的，"外公说，"毕竟，你才是唯一可以使用它的人。"

威廉小心地把星智仪放进保险柜的入口。顶盖合上，保险柜驶远了。

把星智仪放进保险柜的那一瞬间，威廉忽然感觉如释重负，就好像曾经发生的所有事情都一并放下了。

"我们会好好看管的，"泽诺摩尔教授笑道，"如果说我们错误信息中心擅长点什么的话，恐怕就是保守秘密了。"

威廉点了点头，看向伊斯亚。她微笑着，眼睛里闪着胜利的光芒。

"威廉！"一个熟悉的声音突然叫道。

威廉还没有来得及说什么，本杰明就大步走来，给了他一个大大的熊抱。

"我真的害怕我再也见不到你们两个了。"他把威廉放了下来，走到伊斯亚跟前，也给了她一个拥抱。

随即，本杰明严肃地看着他们问："你们听说研究所的事情了吧？"

"我告诉他们了。"外公说。

"那你们也知道了我们已经转战地下，后人类研究所将要和错误信息中心联手了？"

威廉和伊斯亚点了点头。

"合作愉快！"本杰明看着泽诺摩尔教授说。教授笑着拍了下手，清脆的声音在房间里不断回荡。

第四十二章

威廉关上自己房间的门，走到新安装的书桌旁。

他们前一天从伦敦回到了家，还在自己动手组装家具。

"吃晚饭了！"妈妈在楼下的厨房里喊道。

"来啦！"威廉坐在自己的新椅子上回答。他还得再看一眼抽屉里的东西。

本杰明在他们离开错误信息中心之前给了他一个盒子。它是金属材质，鞋盒大小。盖子上有九个闪闪发光的按钮，每一个按钮都对应着一个数字。

威廉把盒子从抽屉里拿出来，放在他面前的书桌上。他输入密码，盖子哗的一声翻开了。

威廉拿出里面的东西，捧在手中，凝视着。

一个球。

他自己的球。

他第一次去后人类研究所时收到的那个球。

威廉轻轻抚摸着球面上的那些符号。

"晚饭都凉啦！"妈妈在厨房大喊。

威廉把球放回盒子里，把盖子盖上。知道它就在自己书桌的抽屉里，威廉感觉十分的安心。

威廉下楼，看到爸爸坐在客厅中央的地上。他挠了挠头，摆弄着安装书架的板子。

"你还没有结束啊？"一个机器人声音问。

机器人外公走进房间，他笨重的机器身体踩在木地板上哐哐作响。他穿着工装裤，一只手里拎着工具箱。

爸爸没有回答，他又挠了挠头，继续摆弄着各个部件。

"我把楼上的橱柜都装好了，"外公说，"你要不要试着把那一块拆下来，拧到旁边那块上去。"

"不是！"爸爸恼怒地看着外公，"我已经试过了，不行。"

威廉知道爸爸不是真的生气。虽然爸爸没有直截了当地表现出来，告诉外公，但是威廉知道他得知外公回来是无比开心的。

"吃晚饭啦！"妈妈又喊道。

"好啦……知道啦！"爸爸把说明书丢在一边。

他站起来走向厨房。外公站在那儿看着散落一地的板子。

妈妈出现在门口。

"威廉，"她用小铲子指着他，"该吃饭了！还有你！"她指着外公。

"我是机器人，"外公说，"我不需要吃饭。"

"那你也得过来和我们坐在一块儿，"妈妈严肃地说，"这是礼貌!"

外公放下螺丝刀，砰砰地走进厨房。

"伊斯亚!"妈妈大喊。

"来啦!"伊斯亚一边回应，一边跑进客厅。

"你不来吗?"伊斯亚笑着对威廉说，然后走进了厨房。

曾经，后人类研究所是伊斯亚的家，现在研究所被毁，她可以说是无家可归了。她本可以留在错误信息中心，但是威廉的爸爸妈妈坚持让她过来和他们一起生活。

威廉走到厨房门口，站在那儿看着他的爸爸、妈妈、机器人外公，还有伊斯亚，大家齐坐在餐桌周围。

他们看上去和一个普通的家庭几乎没什么两样。

对，几乎没什么两样!

威廉·温顿
科幻系列

《无人能解之谜》

《隐秘之门》

《失落之城》